土の楽園で会いましょう

Tsuchi no rakuen de aimasho

Atori Akai
Yutanpo Fuyuno

あかい あとり 著
冬之 ゆたんぽ 画

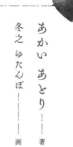

この物語はフィクションであり、
実際の人物・団体・事件等とは、一切関係ありません。

目次

Tsuchi no rakuen de aimasho

人物紹介

ウルド

Urd

王族の末息子ではずれもの。
王にも母にも顧みられず兄弟からは殺されかけ、
森に棄てられた。
本が好きなので知識はある。
素直ではないが自分の役割を
果たそうとする責任感は強い。

幼少期

サウィン

Samhain

女神の森の民であり、
悠久の時を生きる竜人。
自在に姿が変えられるためウルドといる時は
同じ年齢くらいの人間態を取っていることが多い。
今まで好きなものを抱えたことはなかったが、
ウルドに出会い、好きになったら執着一直線。

幼少期?

ユールレイエン

Jolereien

女神の森の民で竜人。
サウィンのお隣さん。
興味がないといいつつ、
なんとなくサウィンの
世話を焼いてしまう。
人間の書物が好き。

土の楽園で会いましょう

第一章

月の明るい夜だった。春の生温《なまぬる》い空気は心地よいのに、今の己《おのれ》の状況を思うと寒気しか感じない。

目隠しを取り去られて最初に見えたのは、すぐ上の兄ふたりの顔と、地面を割るほど大きな木の根。外に出してもらえたことなど数えるほどしかないけれど、それだけでどこに連れてこられたのか分かる。巨樹《きょじゅ》が生えている場所なんて、この国では一か所しかないからだ。

小国ルインのはずれの地――神秘の森。

かつて竜が愛したと謳《うた》われるその場所は、今では特殊な部族が住まう地だ。立ち入りを禁じられているはずの森の入り口で、ウルドはぐったりと横たわっていた。

「誰が寝ていいと言った?」

「……っ」

恫喝《どうかつ》としか言いようのない声とともに、腹を蹴《け》り上げられる。息が止まるほどの衝撃に、視界が一気に白く染まった。うめき声を上げそうになって、ウルドは慌《あわ》てて歯を食いしばる。声を上げても、余計に殴《なぐ》られるだけだ。

ウルドは兄たちに嫌われていた。

六人いる腹違いの兄たちのうち、ウルドに好意的なものはひとりもいない。

兄曰《いわ》く――ウルドの母がウルドを生んだせいで、彼らの母と兄たちは、父からの愛情を失ったのだという。もっとも、実際のところは知らない。当の父親は、跡継《あとつ》ぎの長男以外には無関心だし、ウルドの母にしたって、自分を手籠《てご》めにした父と、望まぬ子であるウルドをまとめて毛嫌いしているからだ。

兎《と》にも角《かく》にも、十一を迎えたばかりの小柄なウルドは、鬱憤《うっぷん》を溜めこんだ兄たちにとって、絶好の標的だった。嫌味を言われたり食事に毒を盛られたりするのはまだ良い方で、見えぬところで暴力を振るわれることもしょっちゅうだ。特に五番目の兄・イアリと六番目の兄・キルタは恐ろしい。加減というものを知らない分、ウルドは彼らに殴られるたび、殺されるのではないかと本気で思った。

「蹴っても殴っても、最近はろくに啼《な》かないな、こいつ」

イアリが殴る手を止めて呟《つぶや》く。兄に同調するように、キルタは嗜虐《しぎゃく》的な笑みを浮かべた。

「痛みが好きなのではないですか？　何しろ王をたぶらかすような、ふしだらな女から生まれた子ですから。感じ方も我々とは違うのかもしれません」

「はっ！　気色《きしょく》悪いやつ」

なんと言われても答えない。どれだけ苦しくても、人形のように反応を殺して堪《た》えることが、もっとも早く解放される方法だとウルドは知っている。

「こいつをここに置いていったら、どうなるかな」

「野蛮な部族とはいえ、外の民に迷惑をかけては失礼になりましょう、兄上。何しろこの子は礼儀知らずで生意気ですから」

「歩けなければいいのさ。ナイフを寄越《よこ》せ、キルタ」

「はい。イアリ兄上」

頭上で交わされる恐ろしい会話に、体が勝手に震えだす。

小柄で体のできあがっていないウルドに対して、イアリとキルタはほとんど大人に近い体格だ。抵抗しようにも勝ち目はないし、そもそも腕を縛《しば》られているせいで、殴りかかることさえできやしない。

月の光を遮《さえぎ》るように、イアリがウルドの隣にしゃがみ込む。さらりと揺《ゆ》れる金髪が視界に入り、反射的にウルドは身を竦《すく》めた。ウルド以外のきょうだいが持つ王妃譲りの金髪は、ウルドにとっての悪夢の象徴だった。

イアリの手には、ウルドの腕ほど長い、鋭利なナイフが握られていた。たまらず恐怖に顔を歪《ゆが》めると、嬉《うれ》しそうにイアリが笑う。

「ぶるぶる震えて、みっともないな。こんなやつと半分でも血が繋がっていると思うと吐き気がする」

「イアリ兄上。終わったら私にもやらせてください」

「腹違いとはいえ、弟を傷つけるんだぞ？　それも神秘の森の前で。元は女神《めがみ》の箱庭とうたわれる神聖な地だ。女神に嫌われても知らないぞ」

「構いません。兄上がやるなら、私もやりたい」

「お前はなんでも真似《まね》をしたがる。困ったやつだな」

キルタと話すとき、イアリの声は少しだけ柔らかくなる。逆も同じだ。ウルドには決して向けられない家族の情を感じ取り、ちくりと胸が痛くなった。

（……いいな）

兄たちがやっていることはただの暴力だし、話している内容は、言ってみれば人殺しの算段《さんだん》だ。それでも、罪をともに犯してもいいと思えるほどの絆《きずな》が羨《うらや》ましかった。

愛情なんて、ウルドには望むべくもない贅沢《ぜいたく》だ。

城に戻れば人はいるけれど、ウルドはいつもひとりぼっちだった。敬《うやま》うふりでおべっかを使ってくれる者はいても、本当の意味の友はいない。期待してくれる家族だって、いやしない。ここでウルドが死んだって、きっと誰も気がつかないだろう。

イアリの手に掲げられたナイフが、月光を映してぎらりと光る。

「頭でっかち。生意気なウルド。ずっとお前が気に入らなかった！」

「……ううっ！」

刃《やいば》が振り下ろされると同時に、焼けるような痛みがウルドの腕を貫いた。堪えきれずうめき声を上げれば、興奮したようにイアリが口角を上げる。嗜虐的な笑みを浮かべた兄たちは、その後も二度、三度と繰り返しウルドの腕と腹を刺し、仕上げとばかりに胸元を切りつけていった。

もはや悲鳴を上げることもできないウルドは、ただ傷口を庇《かば》ってうずくまる。

「よかったですね、ウルド」

肌に刃が当たるのもお構いなしに、乱暴に縄をかき切られた。腕が自由になると同時に、キルタの冷たい声が降ってくる。

「お勉強しか取り柄のないお前が、得意げに語っていた動物たちにも会えますよ。撫《な》でてもいいし、追いかけっこをしたければ好きになさい。私たちは先に戻っていますから、好きなだけここにいるといいでしょう」

ウルドはさっと青ざめた。血の匂いに惹《ひ》かれて集まる動物は、おしなべて凶暴だ。こんな状態のウルドが逃げ切れるはずもない。顔色を変えたウルドを見て満足したのか、イアリとキルタは、あっさりとウルドに背を向ける。去り行く兄たちの背をぼんやりと眺《なが》めながら、死に物狂いでウルドは身を起こした。

（ここから離れないと）

ここにはウルドが流した血が深く染みこんでいる。凶暴な動物に見つかる前に、早く逃げなければ。

（でも、どこに？）

天を仰《あお》げば、生い茂った葉が見える。辺りを見れば、木の根が。耳を澄《す》ませれば虫の声が響いていた。初めて訪れた森は、こんな状況でさえなければ美しく見えたことだろう。

城の外に出る機会なんて、今までウルドには与えられてこなかった。今はただ、見慣れぬ自然が恐ろしくてならない。

（どうしよう。どうすれば）

ずり、ずり、と足を引きずりながら、ウルドは闇雲《やみくも》に歩いていく。兄たちを追おうかとも思ったけれど、見つかればきっと今度こそ殺される。身を隠す場所を見つけるしかない。

歩くたびに、刺された腹から血が溢《あふ》れる感触がした。あちこち痛いし、視界も霞《かす》んでいる。

（死ぬのかな、俺）

死ぬならせめて、土の上がいいなと思った。憧《あこが》れていた自然の中で死ねるのならば、それも悪くないのかもしれない。けれど――。

「こわい」

誰か、と喚《わめ》きたくなって、そんな自分を必死に制した。

本当はウルドだって死にたくなんてない。誰かに助けてほしかった。頑張ったら褒《ほ》めてほしい。怪我《けが》をしたら心配してほしい。いなくなったら探してほしい。

誰かを愛して、愛されてみたかった。悪だくみも遊びも何でも一緒にできる、本当の友が欲しかった。

月の光が届かない場所まで、やっとの思いで辿《たど》りついたそのときだった。木の根に足を取られて、ウルドは盛大に蹴つまずく。何の嫌がらせか、転んだ先には、深く大きな穴があった。

（もぐら？　うさぎ？　どこのどいつだこんなバカみたいな穴を掘ったのは！）

見つけたら追いかけまわしてやりたいと思う程度には腹が立ったけれど、もう立ち上がるだけの元気もない。なんだか眠くなってきて、ウルドはそっと目を閉じた。ひどく雑に掘られた穴は、墓穴にはきっと、ちょうどいい。途切れ途切れの意識の中で、あちこちを傷つけられた痛みがだんだんと遠ざかっていく。

けれど、ようやく眠れると思った瞬間、やかましい声がウルドの意識を揺り起こした。

「ねえ」

「ねえってば。怪我してるの？」

「おーい。生きてる？　君、何してるのさ。ここ、俺の家なんだけど！　勝手に寝ないでくれる？」

（こんな穴に住むやつがいてたまるか）

人を枝でつつくなだとか、こっちは怪我人なんだぞだとか、突っ込みたいところはたくさんあるのに声が出ない。「う、るさい……」と、ウルドはやっとの思いでそれだけを返した。

「ええええ……、もう、しょうがないなあ」

意識が落ちる寸前、「よいしょ」と間の抜けた声とともに、誰かの体温を感じた気がした。

＊　＊　＊

時は少し遡《さかのぼ》る。

日に透ける金色の髪をくるくると指に絡めながら、ひとりの青年が鼻歌を歌っていた。

外からの呼び名は神秘の森でも、住民からしてみればただの住みよい古い森。長年その地を守り続けてきた住民たちは自らを『森の民』と称して、豊かな自然の中でのどかな日々を過ごしていた。

「俺、土だけで家を作ってみたいなあ」

変わり者ぞろいの森の民の中でも、飛びぬけた変人と称されるサウィンは、脈絡なく呟いた。

彼には、思いついたらそうせずにはいられないという悪癖《あくへき》があった。

サウィンの独り言を聞いて、近くで水やりをしていた隣人——ユールレイエンが、「はあ？」と胡乱《うろん》げな声を上げる。

「なんで。木が嫌いになったのか」

「いや、別に。でもなんかいいじゃん。ロマンがあって」

土だけでできた家。あえて原始的なやり方で、自分だけの家を作るのだ。なかなかにそそられるではないか。

「お前、いっつもそうだよな。前の家だって……木だけで作る、だっけ？　それで作ったばっかりなのに、ろくに寄り付きもしてないだろう。よくもそうころころ色々やりたがるもんだ」

「ありがとう」

「別に褒めてない。たまにはひとつのことに集中してみろよ。森の民のくせして、宝もないんだろ？」

森の民は愛情深い。『宝』と呼ばれる愛情の対象を見つけると、それを生涯かけて慈《いつく》しむ。

愛が深く、執着の重い一族なのだ。

「宝なんて、なくてもいいよ」

「どうして」

「俺は多分、みんなみたいに愛せないから。面白そうなもの全部試してみたけど、本当に愛せるものなんて見つからなかったしね」

「物じゃなくたって、生き物なら見つかるんじゃねえの」

「番《つがい》？　ひとりに縛られるのは、性《しょう》に合わないなあ」

ひらひらと手を振ったサウィンは、振り返ることなく森に入っていく。土を使うなら、まずは掘らないことには話にならない。

「寂しいやつ」

憐《あわ》れむように呟かれた言葉は、聞こえないふりをした。


さて、思い付きで始めた土の家づくりであったが、これがなかなかに難しい。盛り土を固めて穴を空ければ家っぽくなるだろうと思ったけれど、崩れて終わってしまうのだ。

人間たちは土からレンガを作り出し、なんとも洒落《しゃれ》た建物を作り出しているというのに、この差はなんだというのだろう。崩壊したトンネルから這《は》い出しながら、サウィンは嘆く。これでは せっかく作った服まで泥にまみれて台無しだ。そもそも一日と持たない住居は家とは呼べない。

悲しむサウィンに、ユールレイエンは冷たく手を振った。

「馬鹿なことするなら村の外でやれ。うちまで土まみれになるだろ。向こうの方なら誰も使わないから、ひとりで好きなだけ穴でも掘ってろ。里を汚すな、せっかちサウィン」

「それだ！」

せっかちと言われるほど忙《せわ》しない行動をした覚えはなかったものの、ユールレイエンの言葉はもっともだった。天啓《てんけい》を得たと指を鳴らせば、ユールレイエンはますます冷たい視線を向けてくる。

けれど、そんなことはどうでもよかった。土を積むからいけないのだ。表面の土は柔らかいのだから、崩れやすいに決まっている。

掘ればいい。

「ありがとう」と礼を言って、サウィンは一目散に森の奥へと駆けていく。そんなサウィンを止める者は誰もいなかった。いつものことだと言わんばかりに、森の民は顔を見合わせ、やれやれと首を振る。

「人間の真似事なんて馬鹿馬鹿しい」

「どうせすぐに飽きるだろ。村を汚さないならなんでもいいさ」

「トンネルを作りたいなら踏み固めればすぐなのにね」

「無駄なことが好きなんだよ。あいつも若いな」

「え？　千年くらい生きてなかったっけ？　長老の次に長生きだって聞いたけど」

「そうだっけ？　いちいち数えてないから分からないなあ。見た目も変わんないし」

「まあ、どうでもいいよ。掟《おきて》さえ守っていれば関係ない」

ぽつりぽつりと交わされる会話に混じって、のびやかな歌声が空気を揺らす。木々の合間には光る綿毛がふわふわと飛び交い、虹色の羽を揺らす妖精たちもまた、人々に合わせるように楽しげな笑い声を上げていた。

自然を崇《あが》め、神秘に寄り添い暮らす彼らは森の民。

彼らの強すぎる力を恐れた女神が、箱庭を与えることで世界から隔離《かくり》した長寿の一族であり
——またの名を、竜族といった。


はたしてサウィンはひとり、誰も立ち入らぬ森の奥へと踏み込んだ。同胞《どうほう》たちに何を言われているかなど気にも留めない。彼にとって大切なのは自然と自分。それだけだ。

重い執着が竜の習性と言われる中、サウィンはそれに当てはまらなかった。少なくとも、サウィン自身はそう思っていた。

楽しいことも美しい生き物も、世界には無数にあるというのに、なぜひとつに縛られなければならないのか。ひとつのものに執着しすぎて他への興味を失うなんて、もったいないにもほどがある。

一度だけ、サウィンに懐《なつ》いてきた豪胆《ごうたん》な子ウサギを育てたことがあったけれど、あの子はサウィンを置いてあっけなく逝《い》ってしまった。構い過ぎてしまったのかもしれないし、寿命だったのかもしれない。かわいそうだとは思ったけれど、それだけだった。

サウィンには愛し方が分からない。

存分に何かを慈しんでみたいと思ったこともあったけれど、きっと向いていないのだ。ならば、永劫《えいごう》に近い時間を、せめて暇つぶしで埋めて生きるしかないではないか。

良くも悪くも周りを気にしない性質であるサウィンは、来る日も来る日も、木の鍬《くわ》を振り上げては穴を掘り続けた。岩を取り除き、虫には立ち退《の》きを要求し、鼻歌交じりに穴を掘っては踏み固めていく。

やがて穴の深さがサウィンの背丈を越え、もはや穴というより地下室というべき広さに達するころ、事件は起きた。

「わお。人間だ」

いつもどおりに木の上で眠ったあとの、日も昇らぬ早朝のことだ。家もどきの穴まで足を伸ばしてみれば、そこには見慣れぬものが落ちていた。不浄の血に塗《まみ》れたぼろぎぬのようなそれは、どこからどうみても人間の少年だ。

「まだ完成してないのに勝手に入って、困った子だな」

うーん、とサウィンは首を傾《かし》げる。

落ちてるものは拾っていい。つまりこの子はサウィンのものだ。しかし、森の民の住処《すみか》に人間を連れ込むことは許されていない。自由人たるサウィンといえど、故郷の森に愛着はある。掟破りで追放されるのは嫌だった。

幸《さいわ》いこの場所は、ぎりぎり外の世界との境界線上にある。

「おっけーおっけー。許される」

ひとり頷《うなず》いたサウィンは、人差し指を一振りすると姿を変えた。竜族特有のうろこの名残も、神性を帯びた容姿も、人間には刺激が強いだろうと思ったからだ。金の髪は茶色に。瞳《ひとみ》は人の子の髪色と同じ黒へと変える。ついでに年も人間の少年と同年代に擬態《ぎたい》すれば完璧だ。

縮んだ体で、サウィンは少年に声をかける。ちっとも起きないものだから、その辺の枝でつついてみれば、ようやく少年は嫌そうに顔を歪めた。

「おーい。起きてる？　生きてる？　ねえねえ」

「……ぅう」

「お、生きてた。ねえ、名前は？　何歳？　まだ家完成してないから、寝心地悪いでしょ。ここ《ここ》俺の家なんだけど。何してんの？　どっから来たの？　なんで寝てるの？」

人間と話すのなんて何十年ぶりだろうか。わくわくして、ついつい口数が多くなってしまう。辛抱《しんぼう》強く声を掛けていると、人の子はぴくりと指先を動かし、朦朧《もうろう》と唇《くちびる》を動かした。

何だろうと耳を近づけてみれば、聞こえた言葉は「うるさい」だった。

「ウルサイ？　ふーん、ウルサイくんか。それ、痛くないの？」

「ちがう……煩《うるさ》い、と……言ったんだ……」

「分かった分かった。ウルサイくんね。血ぃ出てるよ。大丈夫？」

「だい、じょうぶな、わけ……」

「ウルサイくん？　ウルサイくんてば。おーい。……あれ？　寝ちゃったかな」

力尽きたように目を閉じた少年は、つついても揺らしても反応しなくなった。困ったものだとサウィンはため息をつく。何しろ人間は脆《もろ》くて弱い。傷の手当てもせずに寝ては、死んでしまうかもしれない。何よりここに落ちていられると穴掘りができないではないか。

「しょうがないなあ」

血に触れないようにと少年の体を布でくるんで、サウィンはひょいと少年を横抱きにする。川で血を洗い、軟膏《なんこう》くらい塗ってやろうと思ったのは、親切心というよりは暇つぶしの意味合いが強かった。何しろ千年以上生きているもので、娯楽は積極的に摑《つか》みにいかないと、あっという間に百年、二百年と過ぎてしまうのだ。

無意識だろうか、少年はサウィンの服をぎゅっと摑んでくる。

「赤ちゃんみたい」

実質、サウィンにとって人間などみんな赤子に等しいが。

よしよしと少年の手を宥《なだ》めるように撫でてやり、サウィンは「一日一善！」と適当なことを言いながら川へと向かっていった。

第二章

人が寝ているというのに、耳障りな爆音がどすんどすんとウルドを揺り起こす。寝返りを打っても耳を塞《ふさ》いでも音から逃げられないものだから、ウルドはほとほと参り果てた。ならばと頭を抱え、膝《ひざ》を丸めようとすると、途端《とたん》に腹に激痛が走る。

一気に目が覚めた。

「う……っ、ぐ……？」

のたうち回りたい気持ちをこらえて、ウルドはどうにかこうにか身を起こす。

ごわりと奇妙な感触に手元を見れば、ウルドが寝かされていたのは、葉っぱと枯れワラで作られた粗末な寝床《ねどこ》だった。どうりで固いはずだと眉《まゆ》をひそめる。

まわりを見渡してみれば、青々と茂った木々と、控えめながら色とりどりの小花が広がっていた。空は突き抜けるように青いし、澄んだ空気はやたらとうまい。楽園のようだ。見覚えのない大自然に首を傾げかけ――ようやくウルドは、意識を失う直前、兄たちに殺されかけたことを思い出す。

「なんで、生きて……？」

慌てて腹を見れば、そこにあったはずのむごい傷は、きれいに手当てをされていた。ところ狭しと薬草が張り付けられ、それを押さえるように真っ白な布が巻かれている。

(誰かに助けられたのか?)

禁じられた森に住まうものなど、排他的な部族だけのはずだ。街の人間を毛嫌いするらしい彼らが、わざわざ怪我人の手当てなどするものだろうか。

ウルドを助けたところで何の得もないだろうに、なぜ。

(金目的? 手持ちはないぞ。装飾品も、連れてこられるときに取り上げられた。なら、少年趣味の変態か?)

考え込んでいる間に、いつしか騒音はおさまっていた。入れ代わりに、軽やかな足音が茂みの向こうから聞こえてくる。ウルドを助けたのだろう者相手に、どう交渉《こうしょう》するか作戦を立てる時間もないらしい。ウルドはじっと身を強張《こわば》らせ、茂みを睨《にら》みつけた。

間を置かずして、がさがさと草木をかき分ける音がする。飛び出してきたのは、拍子抜けするほど小柄な影だった。

「あれ、起きたんだ。ウルサイくん」

「ウルサイ? なんだそれ」

不審者との第一接触。予想だにしない第一声に、ウルドは考える間もなく突っ込みを入れていた。

「君の名前でしょ？　おはよう、ウルサイくん」

くりくりとした大きな黒目に、森によく馴染《なじ》む茶色の髪。羽織《はお》りものを腰の辺りで止めるだけの不思議な格好は、街では見たことのないものだ。にこにこと笑うそばかす顔には、犬を思わせる人懐こさがあった。

年はおそらく十を超えたぐらいだろうか。ウルドと同年代に見えた。

「俺はウルドだ。ウルサイなんて変な名前じゃない」

この不審者がどこの誰なのかは知らないが、子どもであることは不幸中の幸いだった。少なくとも、すぐに殺されることはない。

「なんだ、そうなの。俺はサウィンだよ」

「聞いてない。……ここにいるのはお前だけか」

「うん。そうだよ」

「手当てをしたのも？」

「俺、俺。薬草なんて久しぶりに摘《つ》んだよ」

それきり子どもは口を閉ざした。恩を着せてくるわけでもなければ、何かを要求しようともしない。しばらくウルドを眺めたあとで、サウィンはそれきり興味を失ったらしい。ウルドのことなどその辺の木と変わらぬとばかりにまわりを歩き回って、ひょいひょいと石を拾い集めている。腕いっぱいに小石を抱えたサウィンは、また森の奥へと戻っていった。少しすると、また先ほどの轟音《ごうおん》が響き始める。どうやらあれはサウィンが立てている音らしい。

「……変なやつ」

何があったのかとも、休んでいけとも言われなかった。警戒していたのが馬鹿らしくなって、ウルドはどさりと寝床に倒れ込む。どのみちこの状態ではどこにも行けない。向こうが何も言わないなら、寝かせられていた場所に居座ったっていいだろう。

鳥の声はするけれど、動物の気配はない。あんな轟音が近くで鳴っていたら、わざわざ寄ってくるものもいないはずだ。

(もう少しだけ)

横になると、一気に眠気が襲ってきた。そよそよと風で揺れる葉の音が心地よい。春の陽気に誘われるがまま、ウルドは意識を手放した。

ごそごそ。ごそごそ。

「ふんふんふーん」

下手くそな鼻歌とともに、容赦《ようしゃ》なく体をひっくり返されて、ウルドはびくりと飛び起きた。随《ずい》分《ぶん》と眠り込んでしまったらしく、てっぺんにあったはずの太陽は、もう沈む寸前だ。

「あ、起きた。おはよう、ウルド」

「さわるな！」

「わっ」

体を触られているのに気づかないほど深く寝入ってしまうなど、一生の不覚だ。慌ててサウィンを突き飛ばし、逃げ場がないと知りながらも、ウルドは必死に後退《あとずさ》った。

「何をしていた！」

サウィンを強く睨みつける。ぽかんと口を開いていたサウィンは、両手を上げて何かを考えこむ様子を見せたあと、「大丈夫、怖くない」と、とってつけたように口にした。

「どうどう」

「ふざけてるのか……！」

「え？　ふざけてないよ。真剣だよ。薬草はこまめに替えないと、傷口が腐っちゃうよ？」

君たちは治るのが遅いから、と不思議な言い回しでサウィンは言う。『君たち』とわざとらしく言うからには、やはりこの少年は森の民なのだろう。だとすれば、余計にウルドを助ける意味が分からない。

「何が目的だ」

「目的って？」

「俺を助けて、何をさせたいのかと聞いている」

「ええ……、知らないけど……。君、そんなすごいことができるわけ？」

「それは……っ」

かっと頰《ほお》が熱くなった。ウルドにできることなんて何もない。家族仲を思えば身代金を取ることだってできないし、ウルド個人に特別な才能があるわけでもない。とっさに言い返すこともできず、ただサウィンを睨みつけるしかできないウルドを、サウィンは困ったように眺めていた。

「いやまあ別に、君がしたいことをしたらいいんじゃない？」

あからさまに引いた様子のサウィンは、面倒くさそうな素振りを隠そうともしなかった。遠く離れたまま、サウィンは動物に肉でも投げ渡すかのように、ウルドの手元へと何かを放り投げてくる。

薬草と、白く清潔な布だった。

「触られるのが嫌なら、それ、あげるからさ。自分でお腹に張っておきなよ。虫さんに体を食われるのは怖いだろ？」

うっかり想像してしまって、ぞっとした。

おやすみ、と言ってサウィンが木の上へと姿を消していくのを見送ったあとで、ウルドはようやく肩から力を抜く。言われたとおりに薬草を取り替えながら、ウルドは悶々《もんもん》とサウィンのことを考えた。

(あいつ、木登りなんてしてどうする気だ。木の上で寝るのか？　本に載ってた猿みたいだ)

変なやつ。

そう思いつつも、一方的に攻撃的な態度を取ってしまったことを少しだけ後悔した。起きてから今まで、サウィンはずっと、優しくしてくれたのに。

(礼くらい言っておくべきだったのかもしれない)

そう思いながらも、不信感を拭《ぬぐ》い去ることはできないまま、夜は更けていった。

妙に眠かったのは、傷だけのせいではなかったらしい。あれからウルドは熱を出し、ワラの寝床と蜜月《みつげつ》を過ごす羽目になった。水の在り処《あか》を教えてもらい、熱冷ましの薬草を煎《せん》じられ、見知らぬ他人《サウィン》に散々世話を焼かれたことを不覚に思う。言い訳をするなら、すっかり弱っていたせいで、水を飲むだけで精一杯だったのだ。

ぐう、と腹が鳴る。

傷の具合がましになってきた途端、今度はこれである。腹が絶えず上げる切ない声を聞くたび、自分の体ながら辛抱しろと殴りつけたくなってきた。サウィンが何を食べて生きているのか知らないが、近くには食べ物らしきものは見当たらない。弓矢がなくては鳥も狩れないし、素手で捕まえられそうな小動物も見当たらない。

(果物か何か、探してみよう)

幸い自然は豊かだ。探せば食べられるものくらいあるだろう。毒のある植物は図鑑で覚えて知っている。適当に試してみても、死ぬことはないはずだ。

ここ数日ですっかり聞き慣れてしまった轟音を聞きながら、そろりそろりとウルドは森の中に踏み込んでいく。

(食べ物を探しに来ただけだ。別に、あいつのことが気になるわけじゃない)

誰にともなく言い訳しながら、ウルドは音のする方に向かって歩く。ウルドが死にかけていたあの日、墓穴にぴったりだと思った深い穴は、サウィンが掘ったものらしい。

『家』を作るのだとサウィンは言っていた。わけが分からなかった。

(あいつ、何なんだ)

寝る前になると、サウィンはどこからともなく薬草を摘んできては、惜《お》しげもなくウルドに与えていく。高所地帯にしか生えない貴重な薬草だと本には書かれていたのに、どこから摘んでくるのだろう。

木の上でどうやって寝ているのかも謎《なぞ》だった。日が昇るより前に起き、日没に合わせて眠る、健康的すぎる生活リズムも珍しい。そもそもウルドと同じくらいの年なのに、ひとりでこんなところに住んでいるというのがまずおかしい。

ウルドの手の届く位置にあるものは多くない。茶色の実に、柔らかそうな葉っぱ。食べられそうなものを手当たり次第に集めながら、ウルドはそうっと木の幹の陰から顔を出す。

サウィンがいた。本当に穴を掘っている。

使っているのは普通の木の鍬に見えるのに、サウィンが振り下ろすたびにバカみたいな量の土が掘り起こされている。いや、鍬と言うより、むしろサウィンの足が土を掘り起こしているように見えた。よく見れば轟音を立てているのは鍬ではなく、サウィンの足の踏み込みだ。わけが分からなかった。

「ふう」

汗など出ていないのに額《ひたい》を拭って、サウィンがわざとらしく仕事をした感を出している。

「よーし。あとはこれを固めて――」

「粘土を掘っておいてなんで埋め直すんだよ馬鹿か！」

やってしまった。

びっくりした様子のサウィンと目が合って、なんとなく気まずくなる。兄たちから嫌われてきた、ウルドの悪い癖だ。本で身につけた知識が役立ちそうなとき、口を挟まずにはいられない。言ってしまったからにはもう気になることは全部言ってしまえ。もごもごと、半《なか》ばやけくそになりながらウルドはまくしたてる。

「使えばいいだろ！　砂利《じゃり》を取って、水を混ぜて固めて……レンガにすればいいのにもったいない。だいたい家建てるんなら粘土の上に建てたらダメだろ。その鍬なんだか杭《くい》なんだかよく分からないものも良くない。穴掘りたいなら、もう少しマシな形の使えよ！」

サウィンはぽかんとしていた。だんだん気まずくなってきて、ウルドはぎゅっと下唇を噛《か》む。言わなきゃよかった。じわじわと頬が熱くなってくる。

沈黙がつらくなってきたその時、ぐう、と間抜けな音が響いた。あわてて腹を押さえるが時遅く、サウィンがひらめいたとばかりに指を鳴らす。

「……お腹空いてるの？」

「うるさい！　黙ってろ！」

「そっか、君は食べ物がいるんだよね。忘れてた。えーっと……」

ひょいひょいと岩を飛び越えて近づいてきたサウィンは、近くの木にひと跳《と》びで登ると、赤くてつやつやとした実を二、三個落としていく。本当に、猿のようなやつだ。

「腕に抱えてるやつ、まだ熟してないと思うよ。こっちの赤いやつの方がいいんじゃない？」

食べ物をねだりにきたわけじゃないのに、世話を焼かれてしまった。無性に恥ずかしくなって、うるさい、ともう一度喚こうとしたけれど、サウィンが口を開く方が早かった。

「あ、そうだ。家は建てるんじゃないんだ。あの穴を使って作るんだよ。俺、土だけで家を作りたいんだ！」

能天気な笑顔を向けられて、怒鳴る気持ちがしゅるしゅる萎《しぼ》んでいった。馬鹿じゃないのかと言おうかとも思ったけれど、サウィンの楽しそうな顔と、雑に掘り出された土を見て、ウルドが感じたのは別のことだった。

「……何それいいな。楽しそう」

ウルドがそう言った途端、サウィンはぱっと顔を輝かせた。

「ウルドもやる？　そのレンガってやつ、教えてよ」

「教えるって、俺が？」

「うん。ウルド、色々知ってるんだろ？　一緒にやろうよ」

胸の中がほわっとあたたかくなった。

聞かれてもいないのに口を出して、怒られるどころか喜ばれたのは初めてだ。にこにこと笑うサウィンは、何も考えていないように見えた。警戒なんてしなくていいのだと気が抜けて、サウインにつられるように、ウルドもぎこちなく笑みを浮かべる。

「仕方ないな。俺が教えてやるから、言うとおりにしろよ！」

「うん。よろしく」

何も考えずに誰かと遊ぶなんて、はじめてだ。嬉しくて、心がどこかに飛んでいってしまいそうだった。

サウィンがくれた赤い実で腹を満たし、レンガの作り方を教えたあとは、ああでもない、こうでもないとふたりでひたすら試行錯誤する。土まみれになってサウィンと一緒にいるうちに、ウルドの中のとげとげした気持ちは、すっかり萎《しお》れてなくなった。

その日の最後、ウルドはようやく「助けてくれてありがとう」とサウィンに言うことができたのだった。

＊　＊　＊

ウルドはうるさい人間だった。

「だーかーら！　触るなって言ってるだろ、この馬鹿！」

声変わりの最中なのだろう、しゃがれたウルドの声が、生き生きとサウィンを叱《しか》りつける。

見つけたばかりのころ、手負いの獣そのものの態度を取っていたウルドは、傷が癒えるころになるとサウィンについてまわるようになった。はじめこそ森の奥でひとり穴を掘り続けるサウィンを不気味がっていたものの、同年代の人間の姿を取っていることが幸いしたのか、今ではすっかり仲良しだ。

当然ながらウルドは人間なので人間の文化にも詳しいし、意外にも物知りなので家づくりの役に立つ。

「えー。だって、気になるじゃん」

「成型したらしっかり乾かさないとレンガは脆くなるんだよ。もう何回も作ってるんだからいい加減覚えろよな」

「そろそろできたかなって思ったんだよ」

「気になるなら見てもいいけど触るな。サウィンがつついたせいで指のあとがついただろ。せっかくきれいに出来てたのに」

ひょうたんから水を飲みながら、ウルドは苛立《いらだ》ったように言う。

黒い髪に黒い瞳。ざんばらになった髪は、長くなるたびサウィンが整えてやっている。きつめの顔立ちとくせのある髪も相まって、ウルドは狼によく似ているとサウィンは思う。口で何を言おうがサウィンに懐いているのが丸わかりなので、かわいいものだ。

すぐに体調を崩す上、森の歩き方もろくに知らないウルドは子狼そのものだった。放っておけずに世話を焼いてやれば、サウィンに身を委《ゆだ》ねてくるところがなんとも愛らしい。

せっかくだから服も髪と揃《そろ》いの色合いにしてやろうと思い、ウルドの髪色に近い藍《あい》に染めてやった。綿十割で作ったサウィンお手製の服を「ダサい」と言いながらも、ウルドは気に入って毎日着ている。

どこから来たかも分からない人間の子だが、物知りで口の良く回るウルドのことを、サウィンは気に入っていた。

何が良いって、誰もが馬鹿にしたサウィンの『土の家計画』を、ウルドは笑わなかった。それどころか、目を輝かせて手伝ってくれる。ちょっと口うるさいのが玉に瑕《きず》だが、いい拾い物をしたものだ。

「これはだめだな。使えない。サウィンのせいだからな！」

ぼそりと言って、ウルドは嫌がらせのようにサウィンの足元に乾きかけのレンガを落としてきた。サウィンとウルド、ふたりで整えた床は、土づくりとは思えないほど頑丈だ。物を投げたところで床が傷つくことはないが、ほんの少しむっとする。

「穴ぼこくらいでぐちぐち言ってさあ。ウルサイくんはうるさいなあ」

「変な呼び方はやめろって何回言えば分かる。相変わらず記憶力は鳥なみか？」

「はいはい、ウルドウルド。ウルドは細かいよ！」

「お前がおおざっぱなだけだろ、馬鹿サウィン！　こういう不均等なところから雨水が入って壊れるんだ」

そういって「俺のかわいい壁！」と大げさに嘆きながら、ウルドは雨水で溶けた壁の一部に頬ずりしている。サウィンがはじめに作っていたのだからサウィンの壁だと思うのだが、ウルド曰くレンガを重ねるアイデアはウルドが持ち出したのだから、壁の半分はウルドのものらしい。微妙に納得できない。

けれど、ふたりで作るとひとりより断然早いし、口うるさいウルドのせいで穴倉が小奇麗《こぎれい》になっているのもたしかなので、優しいサウィンは何も言わないでいてやった。

「分かったよ。もう触らないから。それよりウルド！　俺、すごい良いこと思いついちゃったんだよ」

「何だよ。樹液を食べようって？　それとも根っこか？　今度はどの木だ。お前がうまそうって言うから試したけど、どれも全部まずかったぞ。煮ても焼いても食えたものじゃなかった」

「違うよ。食べ物のことばっかり考えて、お腹減ってるの？」

「お前が言ったんだろ、馬鹿！」

心配したのにこの言いよう。ウルドにも困ったものである。

「俺だって食べ物の話はしてないよ！　分かってないなあ、もう」

はーあ、と見せつけるようにため息をついて、サウィンは「すごいことって言っただろ」とウルドに言い聞かせる。

「『家』に必要なものってなんだと思う、ウルド？」

「寝床。調理場。この森はあたたかいから天井はなくてもいいけど、雨避《よ》けの木を近くに植えてもいいかもな。寝てるときに雨降ってくると嫌だし。あとまんま土だとダサいから、装飾にもこだわりたい。ふたりで寝ると狭いから、寝床も拡張したいところだな」

流れるような返事だった。サウィンの家なのに、ウルドも住む気まんまんらしい。帰る家がないのだろうかと少し不思議に思ったけれど、まあいいか、とサウィンは頷く。

今この時が楽しければそれでいいのだ。

「ちっちっち、甘いね。ウルド」

「ムカつく顔だな、サウィン」

「ほっといて！　いい？　遊び場だよ、遊び場！　そこの端っこの床、じんわりあったかいじゃん？　水を引いてきたら、ぬるい水場になって最高だと思うんだよね。だって、いつでも泳げるわけだよ？　ツタや木みたいな森の恵みで遊ぶのもいいけど、家にもやっぱりあそびがないとね」

「レンガも知らなかったくせに偉そうに」

「あー、そういうこと言う？　じゃあいいよ、ウルドは入れてやらないから」

「はあ？　俺たちふたりで作ってるんだから、お前が作ったものだって俺のものだろうが！」

「じゃあ、川まで競走ね。俺より先に着いたらウルドにも水場、泳がせてあげるよ」

あっかんべえと挑発すると、ウルドも乗ってきた。「ここで転がってろ！」と飛び掛かってきたウルドの手をひらりとかわし、サウィンはけらけらと笑いながら駆けて行く。

ウルドを拾ってからというもの、毎日が楽しかった。

自分が千年以上を生きてきた年寄りであることも忘れるほど、ウルドと過ごす日々は目まぐるしくて、満たされる。

悪夢で飛び起きるウルドを憐れむうち、一緒に寝て、一緒に起きるようになった。ウルドに合わせて、サウィンも食事の真似事をするようになった。

おはよう。今日は何をしようか。

明日はこれを作ろう。

おやすみ。また明日。

交わす言葉の全部が楽しかった。元から森は大好きだったけれど、もっと好きになった。ウルドといると、どうでもいい世界がきらきらとした遊び場に変わって見えるからだ。

森の民の里にこそ連れて行けないけれど、代わりにサウィンはウルドと森中を巡った。川にも行ったし、山にも登った。ときには野生の動物を交えて遊ぶこともあった。人の国と竜の里を隔《へだ》てる森は決して広くはないはずなのに、飽きることなんてかけらもなかった。

そんな生活を繰り返していたある日のことだった。

「ウルドに見せたいものがあるんだ」

ふと思い立って、サウィンはウルドをお気に入りの高台へと連れて行った。

見晴らしの良いその場所からは、夕焼けが人間の国を真っ赤に照らす様子も、空の色が橙《だいだい》から紫に移り行く様子も、すべてが見える。この季節、この時間帯の、晴れた日にしか見られない、特別な景色だ。自然を愛するウルドならば、喜ぶだろうと思った。

予想どおり、零《こぼ》れ落ちそうなほど目を見開いて、ウルドは夕焼けに見入っていた。そんな些細《ささい》なことが、サウィンは嬉しくて仕方がない。

一歩踏み外せば落ちかねない岩先に並んで座り、ぶらぶらと足を揺らして過ごす。

ウルドの真っ黒な髪が、夕焼けを浴びると赤くきらめいて見えて、きれいだった。夕焼けも美しいけれど、眺めるならウルドを見ているほうが面白い。会話なんてなくても、ふたりでいるだけで楽しいのだから、ウルドは不思議だ。

じいっとウルドを観察していたそのとき、ウルドがふと寂しそうに呟いた。

「ここは、ルインの景色が良く見えるんだな」

その声が聞いたこともないくらい弱弱しかったものだから、思わずサウィンはぱちぱちとまばたきをした。そういえばウルドはまだ子どもだった。人間なら、これくらいの子どもはまだ親の庇護《ひご》下にあるのが普通だろう。

「あれはウルドの国だっけ。寂しい？」

「……どうかな」

「どうかなって何さ」

「俺は、いてもいなくても変わらないから。寂しいって言うなら、むしろ――」

言葉を切ったウルドは、じっとサウィンを見つめてくる。

「むしろ？」

「きっと、ずっと今が続くわけじゃないんだろうって思うと、それが寂しい」

サウィンには意味がよく分からなかった。

ずっと続くものなんてこの世界には存在しない。当然のことだ。ウルドが何を言いたいのかはよく分からなかったけれど、泣きそうな顔をしているように見えたから、サウィンはそろりと両腕を広げた。

「なんだよ」とウルドが訝《いぶか》しげに眉を寄せる。

「なんか寂しそうだし、抱いてほしいのかなって」

「だ……っ」

ウルドが絶句する。夕焼けのせいか、その頰が妙に赤く見えた。すっかり固まってしまったウルドに首を傾げながらも、サウィンはさっさとウルドに両腕をまわし、きつく抱きしめる。

「どう？　人肌は安心するって聞いたことがある」

「……抱くって、そっちかよ」

「え？　他にあった？」

思ったままを口に出しただけなのに、なぜかウルドはサウィンの頭を叩《たた》いた。気難しい男である。

抱き寄せると、ウルドは居心地悪そうに身じろぎした。ウルドもずいぶんと背が伸びたなあと誇らしく思う。拾ったばかりのころのウルドはとにかく生白くて、うっかりすると潰《つぶ》してしまうのではないかと心配になるくらい、細くて小さかった。

それがどうだろう。今や健康的に日に焼けて、ほどよく筋肉もついた。甘え下手ながら、ゆっくりと待てば自分から背に手を回してくるところなんて、心を込めて世話をしたかいがあると嬉しくなる。

抱き合ったまま、ウルドはぽつりと呟いた。

「サウィン。お前さ、寂しくないのか」

「何が？」

「だって、こんな森の奥に住んでるだろう。ずっとひとりで、家もなくて」

「家はあるよ？　ウルドと一緒に作ったじゃんか」

「それはそうだけど、そういうことじゃない。もう三年も一緒にいるけど、サウィンの家族も友だちも、一度だって見たことがない」

三年。そんなに経《た》っただろうかと首をひねる。如何《いかん》せんサウィンにとってはまばたきほどの短い時間だ。

家族。友だち。そういう存在が昔はいたような気もするけれど、もはや記憶の中でおぼろげにきらめくだけになってしまった。寂しいという感情も、思い出せないほどに遠いか、もしかすると経験したことすらなかったかもしれない。うんうんと唸《うな》ったあとで、ぱっとサウィンは顔を上げる。

「ウルド！」

「何だよ」

「違うって。ウルドがいるだろ。家族も友だちも、ウルドでいいよ。ほらね、俺、ひとりじゃないよ。じゃあいいじゃん」

自分で言ったことながら、しっくりと来た。ウルドといるとサウィンは楽しい。喧嘩《けんか》をするの

も、意見を言い合うのも、おやすみと言うことでさえ、ウルドはたったひとりでサウィンの日々を色鮮《あざ》やかに彩《いろど》ってくれる。ずっと一緒にいる存在を家族や友人と呼ぶのであれば、ウルドがそうであればいいと思った。

サウィンの言葉を聞いて、ウルドはくしゃりと顔を歪めた。笑っているようにも見えたし、泣き出す直前の顔のようにも見える。七色に移り変わる夕暮れの空と同じくらい、複雑で印象的な表情だった。

「……馬鹿だな、お前」

「賢いと思うけどなあ」

「いや、絶対馬鹿だ。馬鹿サウィン」

ぎゅうと強く背にすがられる。やはり人肌が恋しかったらしい。素直じゃないやつ、とサウィンは笑ってウルドの抱擁《ほうよう》を受け入れた。

第三章

何事にも終わりはある。

だからこそサウィンはその日その時の気分で生きることにしているし、突然現れたウルドはきっと突然消えるのだろうなとどこかで思っていた。

「うーん、でもこれは予想外」

「馬鹿サウィン！　前に出るな！」

ふたりの目の前には兵士がずらり。

静かな森は、今日は大賑わいだ。

目の前に居並ぶ、鎧《よろい》で武装した兵士たちからは血の匂いがした。怪我をしているわけではなく、彼らの鎧自体に血の匂いが染み付いているらしい。

隊を率《ひき》いているのだろう、一際《ひときわ》立派な装いをした壮年の男が前に出る。男はウルドの前で、うやうやしく膝をついた。

「お迎えに上がりました。ウルド殿下」

「……リーアム隊長。どうしてここに……」

「陛下《へいか》は、年若いウルド殿下がこのような場所に追いやられ、今日まで身をひそめなければならなかったことに、心を痛めておいでです。王城へ戻りましょう」

「何を今さら……！　俺を殺そうとしたのは誰だ？　イアリ兄上たちだろう。父上とて、心配などなさるはずがあるまい！　第一あれから何年経っていると思っている？　もう俺など、死んでいるようなものだろうが！」

悲痛な叫《さけ》びを上げるウルドを見据えて、リーアムと呼ばれた男は懇願《こんがん》するように言い募る。

「いいえ。……いいえ！　もうあなた様しか、いないのです」

何やら感動的な一幕に居合わせてしまったらしい。それは構わないが、ぞろぞろと周りを囲む兵士たちが、せっかく作った水路を踏み荒らしていることは気にかかった。つい先月川から引いてきたばかりの水路なのに、台無しである。

悲しい気分にはなったが、空気の読めるサウィンは黙って観客に徹《てっ》することにした。

「皇太子殿下をはじめ、イアリ殿下やキルタ殿下までも、王族の方々はみな、流行《はや》り病で亡くなられました。気丈に病をはねのけておられた陛下さえ、つい先月、とうとう倒れてしまわれた。日に日にご容態は悪くなるばかりで……、あとどれほどの時間が残されていることか、もはや我々にも分かりません」

「な……、そんなこと、あるはずがない……！」

「真実でございます、ウルド殿下。どうか王座におつきください。もうあなた様以外に、国を導けるものはおりません。たとえ誰がなんと言おうとも、私は五年間、あなた様をずっとお探し申し上げておりました。お会いできて、本当に良かった」

「信じられるものか！　たとえお前がそうだとしても、王城に俺の居場所など、どこにもない。それに、俺には——」

苦しそうな顔をしたウルドが、ちらりとサウィンの方を見る。普段は馬鹿呼ばわりして背中を蹴りつけてくることさえあるくせに、ひょっとしてサウィンに気を遣《つか》っているのだろうか。

帰る場所があるなら帰れば良いものを、とサウィンは肩をすくめる。

王子だとは思わなかったけれど、家があるなら戻ればいいのだ。ウルドに帰る場所があることに、胸がちくりと痛んだ気がしたけれど、気づかないふりをした。

ウルドの視線を追うように、リーアムは跪《ひざまず》いたままサウィンを見上げる。頭からつま先までさっとサウィンを検分したかと思えば、リーアムはおもむろに立ち上がり、険しい顔をしてサウィンを睨みつけてきた。

「失礼ですが、あなたは？」

「俺？　俺はサウィン。はじめまして」

「ウルド殿下をこれまで保護してくださったのは、あなたでしょうか」

「保護っていうか、ウルドが勝手に俺の家に住み着いてるだけだけどね」

からからとサウィンは笑う。普段であればウルドは「俺がいなけりゃ完成しなかったんだから俺の家だ馬鹿」と怒鳴ってくるはずなのに、なぜだかこの時、ウルドは顔を白くさせたまま黙りこくっているだけだった。

「この方の素性はご存知《ぞんじ》で？」

「素性って言われてもなあ。ろくにお互い、知らないもん。ウルドが物知りで、手先が器用ってことはよく知ってるけど」

ますます顔つきを険しくさせたリーアムは、無言で部下に目配せをした。白い袋を取り出させたかと思うと、それをずいとサウィンに差し出してくる。

「ん？　何？」

「これまでの礼と、これからのために。受け取っていただきたい」

「これからのためって？」

もらった袋を振ってみる。ちゃりちゃりと軽やかな音がした。開けてみれば、髭面《ひげづら》の男が彫刻された金色のコインが、山のように入っている。見ない間に人間の技術も進歩したものだ。

決闘でも挑むかのようにまっすぐにサウィンを見つめて、リーアムは重々しく口を開いた。

「このお方は、やんごとなき身分のお方である。本来なら、貴様のようなものが関われる方ではないのだ。これまでのことも、この方のことも、すべて忘れていただきたい。それは、我々からのせめてもの誠意だ」

「ふうん」

いつの時代も人間は変わらないな、とサウィンはのんびりと思った。

同じ種族の中で順位を決めるところまでは、動物ならば珍しくもない。けれど、血統で順位を決めたり、飾る以外に使い道のなさそうな硬貨をありがたがったりするのは人間くらいだ。

まあもらったものはありがたく頂いておこう。土の家の壁や床に埋め込めば、装飾代わりにはなるかもしれない。

渡された袋を閉じ直していたその時、か細い声がサウィンの耳に届いた。

「帰らない」

ウルドだった。目のふちを赤く染めた顔は、喧嘩で負かした直後、泣く寸前に見せる顔だとサウィンはよく知っていた。

「俺は帰らない」

「な……、何をおっしゃるのですか、殿下！」

狼狽《ろうばい》しきった声を上げ、リーアムは信じられない言葉を聞いたとばかりにウルドを凝視する。

周囲の兵士たちも動揺を隠しきれないのか、ざわざわと落ち着きなく顔を見合わせていた。

その様子を横目に捉えつつ、サウィンは首を傾げて問いかけた。

「え、どうして？」

凍り付いたようにウルドは目を見開く。

「どうして、って。だって、お前……」

「わざわざお迎えに来てくれてるんだし、帰ればいいのに。家族がいるんだろう？　薬草ならたくさんあるし、持って行きなよ。病にはよく効くから」

来たければ、また遊びにくればいいだけの話だ。土づくりの家を改築する以外、どうせサウィンとウルドは食べて寝ているだけなのだ。寝る場所を変えたところで特に支障があるとは思えなかった。

ウルドがくしゃりと顔を歪める。

その顔を見ると、ひどく胸が痛くなった。歯を食いしばったウルドは、サウィンの胸倉を掴み上げ――けれど何もしないまま、そっと手を放した。

「もう、いい」

サウィンを押しのけて、ウルドはリーアムの元へと近づいていく。ほんのわずかな間、サウィンに触れたウルドの手は震えていた。

「ウルド？　どうしたの」

呼びかけても、ウルドは振り向かない。

「お前なんて、知るもんか。馬鹿サウィン」

リーアムはウルドとサウィンを交互に見たあとで、一度だけ非難するようにサウィンを睨みつけ、気遣うようにウルドの背に手をまわした。それをきっかけとしたように、兵士たちはサウィンのことなど見えぬとばかりにきびきび動き出す。

恭《うやうや》しく馬上へと導かれたウルドは、もうサウィンを見てはいなかった。騎兵たちが、波のようにウルドの姿を隠していく。

「……家族だって言ったくせに……」

掠《かす》れた声と、役にも立たない金貨だけを残して、ウルドは馬に揺られて消えていく。彼に続くように、兵士たちもまた、ゆっくりとサウィンの前から姿を消していった。

森がいつもどおりの静けさを取り戻したあと、残っていたのは踏み荒らされた大地と、ひとりで住むには妙に広く感じる家だけだった。

出会いも突然なら、別れも突然。

人の国へと帰っていったウルドは、それきり森に顔を出さなくなった。

第四章

ウルドがいなくなっても、サウィンの生活は変わらない。ただ、何かが欠けてしまったかのような気持ち悪さがあるだけで。

「泥団子がぴかぴかになるのは知ってたけど、床も磨《みが》けば光るものなんだなあ」

音がないからそう感じるのかと思って、ひとりでも喋《しゃべ》るようにした。何か月もかけて磨き上げた床は、元が土とはとても思えない光沢を放っている。それなのになぜか、美しいとは感じなかった。

「装飾が足りないのかな？　いやでも、土にこだわることに意味があるんだよね」

家が広く感じるのは、きっとスペースの拡張をしすぎただけだ。

踏み荒らされた水路も直したし、なんなら土の窯《かま》まで作ってやった。ウルドが来たら自慢しようと思っていたのに、あれきり森に来ないものだから、こんなにも整備が進んでしまった。

ウルドはどうして来ないのだろう。

人間は気まぐれだと知っているけれど、手を出したのだから完成まで見届けていけばいいのになあ、とサウィンは残念に思った。窯なんてウルドしか使わないのに、どうして作ってしまったのだろう。家づくりは楽しいはずなのに、胸にもやもやとした気持ちがくすぶってならないのは、ウルドが残していった言葉のせいだった。

家族。

「……里心がついちゃったのかなあ」

弱弱しく響いた自分の声にびっくりして、サウィンは慌てて口を塞いだ。

来る者拒まず去る者追わず。その時その瞬間を楽しく生きる。それがサウィンの生き方なのに、ここのところ調子がおかしい。ぶるぶると頭を振っていると、近くでがさりと木々をかきわける音がした。

「何ひとりで喋ってるんだよ、変態」

大きな葉の間からひょこりと顔を出したのは、里に住んでいるはずのユールレイエンだった。前から思っていたが、ユールレイエンは人間の言葉を間違えて覚えている節がある。変態というのはあまりいい意味ではないと教えてやろうかと思ったけれど、親切にしてやるような気分でもなかった。

「めずらしいね、ユールレイエン。君も家が作りたくなったの？」

「そんなわけないだろ。様子を見に来ただけ」

土の家を作るなら森の奥に行けと言った張本人のくせに、行ったら行ったで気になるとは困ったものである。

「寂しくなっちゃった？」

「はあ？　寂しいだって？　十年かそこらで何言ってるんだ。人間じゃあるまいし」

「十年？　そんなに経ったっけ」

村を出て十年ということは、ウルドを見送って四、五年ということになる。明日はウルドが来るかもしれないと待ち続けていたけれど、人間にとってはそこそこ長い年月ではなかろうか。

ウルドはもう、サウィンに会いたくはないのだろうか。それとも、森での生活のことなんて、もう忘れてしまったのだろうか。考えた途端、胸の中のもやもやがひどくなった。

「たかが十年だろ？　変なやつ。わざわざ人間の姿になってるからって、気持ちまで人間のふりか？」

「え？　ああ、擬態解くの、忘れてたな……」

言われて思い出す。そういえば人間の姿のままだった。いつウルドが帰って来ても驚かないように、そうするのが当然だと思っていたから。

「人間助けて、育ててたろ。もういないみたいだけど」

「何でもいいだろ」

「相変わらず物好きだよな、お前。俺には理解できない。あんな血生臭い生き物の何が良いんだか。最近は特に、どこに行っても血の匂いしかしない。近寄りたくもないね」

「血の匂いだって？」

「戦《いくさ》だよ。前の戦で国が滅びたばっかりだってのに、懲《こ》りないやつらだ」

ユールレイエンの言う前の戦が百年前だったか二百年前だったか定かではないが、人間が戦を起こすのなんて、もはや種族の習性みたいなものだ。驚くようなことでもない。

それなのに、サウィンはその言葉を聞いた途端に走り出していた。

「おい、サウィン——!?」

呼び止める声をきれいに聞き流して、サウィンは慣れ親しんだ森を抜け、丘を駆け下りていく。
（ウルド）
泣きそうな顔をしていた友の顔だけが頭の中にあった。

ウルドは殿下と呼ばれていた。王族に連なるものは、いつだって戦で矢面《やおもて》に立つ。それくらいはサウィンだって知っている。

来ないのではなく、来られなかったのだとしたら。もうこの世にはいないのだとしたら。

人間は弱く儚《はかな》い生き物だと知っているのに、なぜ待とうだなんて思ってしまったのだろう。

日が暮れるころ、サウィンは人の国に足を踏み入れていた。どこもかしこも血の匂いと死の香りが染み付いた、穢《けが》れた場所だ。人間の生み出す文化は楽しいが、この血の匂いばかりはどうにかならないものかといつも思う。

(前はここまでひどくなかったと思ったけど)

疲れた顔をした人々が、何かから逃げるように背を丸め、せかせかと道を歩いている。まだ夜になりきっていないというのに子どもの声すら聞こえない。その代わりのように、「国王陛下万歳！」というけたたましい演説の声だけが街に響いていた。

「ねえ」

赤ん坊を抱えた若い女を引き留める。びくりと肩を揺らした女は、怯《おび》えと不信を目に宿して「……何か」とか細く答えた。

「戦が起きているの？」

「え……？　そりゃ起きてるよ。三年前からずっと。ずっと終わらない」

「なんで？」

「なんでって、そんなこと、あたしたちが知りたい。勝手に始まって、生活が苦しくなって、みんないなくなって……、なのに、ずっと終わらないんだ」

ぎゅうと強く赤ん坊を抱いて、女はどこかを睨みつけながらそう言った。恨みをぶつける先さえ分からないのだろう。彼女は初対面のサウィンに八つ当たりをするように、ぶつぶつと低い声で嘆き続ける。

「王子様たちが疫病《えきびょう》で死んで、王様も死んで、ずっと療養してた第七王子が次の王になったって聞いたけど……その王がぼんくらなんだよ、きっと。そうでなきゃ、今まで何もなかったっていうのに、戦なんて起きるのはおかしいじゃないか。あの王になって二年も経たないうちに、隣のパスメノス帝国には攻め込まれるし、いつまで待っても戦争は終わらないしさ……。この国はもう終わりだ。終わってくれた方がいい。こんな思いをずっとするくらいなら……っ」

ぶつぶつと怨嗟《えんさ》の声を漏らしながら、女はふらりと歩き出す。サウィンのことなど、もう視界にも入っていないらしかった。

「……三年も十年も、あっという間のことじゃないか」

ずっとというにはあまりにも短い。外で何が起ころうが、森は静かで平和なままだ。短命で、それなのに驚くほどの激情を抱えて争い合うのが人間という生き物だ。関わってもろくなことになりやしない。

ごてごてと見てくればかり立派な城を仰ぎ見て、サウィンはきゅっと眉を寄せる。

美しい城だ。けれど血の匂いがあまりにも濃い。

(森の家の方がずっと住み心地が良いと思うけどなあ、ウルド)

裸でげらげらと笑っていたあの少年が、今や国を率いる王だというのだろうか。冗談がきつい。かわいい壁、などとはしゃいでいたその口で、民に死ねと命じるのだろうか。きっと心を痛めているだろう。そんな姿は見たくなかった。

「家族がいなくなっちゃったなら、帰ってくればいいのに」

君の家族は俺じゃないのか。

呟いたあとで、ぱっと口を覆う。今のは良くない。執着なんて、百害あって一利なしだ。

（去るもの追わず。去るもの追わず。少し見に来ただけだ。人の国を見るのだって、たまには面白いし）

何をそんなに焦《あせ》っているのかも分からぬまま、サウィンは必死で自分に言い聞かせる。

そのとき、ふと町人たちの会話が耳に届いた。

「王都はもうだめだ。隣街まで攻めいられたってよ」

「明日、王が自ら出陣なさるらしい」

「王の首を差し出して、それで終わりさ。巻き込まれる前に逃げちまおう」

「この国は、なくなるのか。悲しいな……」

「生きてりゃなんとかなる」

「そうだな。生きてさえいれば、なんとかなるよな」

生きてさえいれば。

ならば、明日死ぬ運命らしい王は、どうすればいいと言うのだろう。

人間どうしの争いに森の民が干渉することは禁じられている。掟を破ることはできない。けれど、このままウルドを失うのだけは嫌だった。サウィンのことなど忘れて、ウルドがどこかで楽しく暮らしているというのなら許せるけれど、これはだめだ。許せない。

どうせ死ぬ運命にあるのならば、サウィンがもらったっていいのではないか。安全な場所に閉じ込めて守って、苦しみからも不幸からも遠ざけてしまえば、こんな気持ちになることもないはずだ。

サウィンが聞いていることなど気づきもせずに、民たちは疲れたように話し続ける。

「逃げるなら早くしたほうがいい。パスメノスは、森を燃やすってよ。噂《うわさ》になってる」

「馬鹿いえ。燃やして何の得がある」

「知らねえよ。自分たちの領土にするんだろ」

それだ！

ぱちんと指を鳴らしたくなったが、サウィンはかろうじて堪えた。人間の争いへの干渉はできなくとも、森と大地を守るための行動は認められる。なぜなら彼らは森の民だから。

噂の真偽を確かめる猶予《ゆうよ》はない。確かめる必要性があるとも感じなかった。ウルド以外の人間が生きようが死のうが、栄えようが滅びようが、サウィンにはどうでもいいことだ。

介入する口実さえあればいい。女神が寄越した森を守るというのは、正当な理由になるだろう。そうと決まれば必要なのは森の民の長《おさ》の許可だけだ。くるりと踵《きびす》を返し、サウィンは走り出す。

急《せ》く心を宥め、街の端までたどり着いたところで思い出した。

「あ。なんで俺、わざわざ走ってるんだろ」

飛べばすぐなのに。

人間生活が長すぎて、思考まで人間らしくなってしまったらしい。ひとり照れ笑いをしつつ、サウィンは人差し指をひと振りした。

きらきらと舞う粒子《りゅうし》をまといながら、サウィンは擬態をといていく。ざあ、と風が金の髪を揺らした。神か精霊かと見紛《みまが》うような美しい姿は、まさしく人ならざるもの。本体にまで戻ってしまうと目立ちすぎるから、翼だけを背に生やす。うろこに覆われた硬質な翼は、たった一振りでサウィンを宙へといざなった。上へ上へと駆けるように昇っていくその姿を捉えることができたものは、誰もいない。

街を越え、森を抜け、景色を置き去りにしながらサウィンは空を駆けて行く。

風に乗ってたどり着いた森の長老の家で、サウィンはいつもどおり快活に口を開いた。

「長。ちょっと人間の国をふたつ潰してきたいんだけど、いいかな？」

＊　＊　＊

どうしてこうなってしまったのだろう。

軍靴《ぐんか》の音。

馬の蹄《ひづめ》の音。

怒号が飛び交い、己を守る兵たちが次々に倒れていく。土煙に覆《おお》われた光に目を細めながら、ウルドはもう何度目かも分からない嘆きを心の中だけで繰り返した。

――王の器《うつわ》ではなかった。

当然だ。何の教育も受けていない第七王子に王座が回ってくるだなんて、一体誰が予想できただろう。

ウルドは妾腹《しょうふく》の王子だった。王が気まぐれに手をつけたメイドから生まれた、後ろ盾《だて》すら持たない末の王子だ。母に疎《うと》まれ、兄に蔑《さげす》まれ、父王には忘れられ、隅で身をひそめて生きてきた。

望んでもいない王座を引き受けた後だって、誰に感謝されることもなく、誰を信じていいのかすら分からぬまま、ただ毎日を乗り切ることに必死だった。本で得た知識だけは豊富にあっても、机上《きじょう》の理想は実現にはほど遠かった。ウルドが王座を継ぐ前から疫病で弱り切っていたこの国は、崩れかけた体制のもとで日々荒れていくばかりだった。

隣国パスメノスには内政の悪化に付け込まれ、適当な口実をつけて攻め込まれた挙句《あげく》、交渉することさえできずにこの様《ざま》だ。せめてもの悪あがきとして、隊を背負って戦線に出てみたものの、まともに軍の指揮すら執《と》れもしない。国民にも嫌われる、最低の王だったことだろう。

今日がウルドの最期の日になる。最初から最後までくだらない人生だった。

(叶《かな》うことなら、最後に会いたかった)

戦線の中央で思い浮かぶのは、ひとりの変わり者の顔だった。

――わざわざお迎えに来てくれてるんだし、帰ればいいのに。家族がいるんだろう?

(サウィン。引き留めるふりくらいしろよ大馬鹿者って、あのとき言ってやれば良かった)

家族で、友だち。

ウルドがいればそれでいい。

そんな心地よい情ばかりを注いできたくせに、リーアム将軍が迎えに来た途端に「帰れば?」とウルドを突き放したあげく、一度たりとも会いに来ない薄情者《はくじょうもの》。それなのに忘れようにも忘れられない、ウルドにとって誰より特別な相手だった。

親もいなければ友だちもいない寂しいやつのくせに、毎日楽しそうにしていた。

一緒にいたら、全部忘れてウルドまで楽しい気分になれた。

「土の家を作るんだ」とわけの分からないことを言う割には、レンガも知らないもの知らず。親切にしてもらった礼にと弓矢で鳥を落とせば、ゴミを見るより冷たい目でウルドを見てくる菜食主義者。サウィンに合わせていたせいで、ウルドまで肉より豆が好きになってしまった。

わがままで気まぐれな変人なのに、驚くくらいおおらかで優しい男だった。事情も聞かずにウルドの傷の手当てをし、夜にうなされるたび、宥めるように抱き込んでくれた。土と葉でできた固い寝床だったのに、サウィンが隣にいるだけで、城のどんな寝台よりよく眠れた。

サウィンと過ごした五年間は、間違いなくウルドの人生で最も幸せな日々だった。

サウィンはおおらかな兄のようにも思えたし、落ち着きのない弟のようにも思えた。どんなことでも言い合える親友だとも思っていた。どこにでもいる平凡な男なのに、笑いかけられると変に胸が疼《うず》いて、触れられるとじわじわと体が熱くなって、幸せで心臓が飛び出そうになるのだ。

ウルドが欲しいものを全部与えてくれる、本当に不思議なやつだった。

(最後にもう一度、顔を見たかった。サウィン)

あの時はウルドも子どもだった。サウィンが引き留めてくれないことが悲しくて、当てつけのように森を出て行った。けれど後になって、サウィンがどこまで事情を理解していたのかすらあやしいことに気がついた。人懐こい割には、いまいち人の気持ちに無頓着《むとんちゃく》――悪く言えば無神経なのがサウィンという男である。

(でもこんな血生臭い場所、あいつは近づくのも嫌がるだろう)

ウルドの体にもきっと、血の匂いが染み付いている。どんな顔をして会えばいいのかも、もう分からない。だからきっと、これで良かったのだ。

悲鳴が聞こえる。断末魔《だんまつま》が近づいてくる。思い出に浸《ひた》る時間もないらしい。呼ばれるより前に、ウルドは剣を強く握り直した。いざ踏み出そうとしたそのとき、リーアム将軍がほとんどぶつかるようにウルドの足元に倒れ込んでくる。

「防衛線、を、破られました……!」

「リーアム将軍!」

息も絶え絶えな様子の将軍を、慌てて助け起こす。血まみれのリーアム将軍は、片腕をおさえていた。傷を受けたのは腕だけではないらしく、砕《くだ》けた鎧からは深い傷口がのぞいている。目はすでに焦点《しょうてん》が合っておらず、ひと目で助からないと分かった。無能な王に忠義《ちゅうぎ》を尽くしてくれた最後のひとりさえ、ウルドを残して死んでいくのだと思うと、やるせなかった。

「お逃げ……くだ、さい……陛下」

「いい。逃げ場などない」

ガチャリ、ガチャリと鎧がぶつかり合う音が、刻一刻と近づいてくる。周りを囲む死体を踏みつけにしながら、敵兵たちが迫ってくる。周囲を完全に包囲された今、王たるウルドの仕事は敵に首を差し出すことだけだ。

「……今日までよく仕えてくれた」

「もった、い、なき、……とば、で……」

本音を言えば、不出来《ふでき》な王ですまない、と謝りたかった。けれど、命までかけて尽くしてくれた部下を前に、せめて背筋《せすじ》だけでも伸ばしておくのは、王としての最低限の義務だろう。びくりと痙攣《けいれん》した将軍が最期の息を吐き出したのを見届けて、ウルドは静かにその遺体を地面に横たえる。

一度だけ目をつむって、深く息を吸った。

覚悟を決めて剣を掲げ、強く声を張る。

「――来るがいい！　死に急ぐ者に、この命をくれてやろう！」

『じゃあ、俺がもらっちゃおうかな』

ウルドが叫ぶと同時に、空から声が降ってきた。声と言っても、音など何も聞こえない。それなのに、頭の中に直接伝わってくるような、不気味な言葉だった。ぞわりと全身の毛が逆立って、本能的な畏怖《いふ》を感じずにはいられない。ウルドも、周囲の敵兵たちも、一斉《いっせい》に天を振り仰いだ。

竜がいた。

「は」

金色の美しい竜。まばたきをしても消えないそれを見上げて、ぽかんと口を開ける。竜なんて、物語の中の存在だ。実在するはずがない。

ぐるぐるとふざけた動きで空を泳ぐ竜は、やがて高度を下げ始める。不意に、ウルドはその竜と目が合ったような気がした。目を細め、ぴたりと動きを止めた竜は、ぐるると小さく、喜ぶように喉《のど》を鳴らす。

『えっと、なんだったかなあ……、ああ……、えー、そなたたちはやりすぎた。長すぎる戦で大地は血に染まり、死の穢れが森を腐《くさ》らせる。許しがたい罪だ』

ひどい棒読みだった。竜の表情なんて読めるはずもないのに、適当に言っているのがなぜか分かる。

「な、なんだ……あれは……！」

「竜？　喋っている、のか……？」

「化け物！」

争いの手を止め、誰もが空を見上げていた。恐れと動揺《どうよう》が一気に広がっていく。けれど、人々の喚き声など聞こえぬとばかりに、ばさりと竜は雄大《ゆうだい》に翼をはばたかせた。

『よって、喧嘩両成敗！　……じゃなくて、炎で以《も》ってその罪を雪《そそ》ぐがいい、愚かな人間ども』

とってつけたようなおどろおどろしい宣言とともに、世界は炎に包まれた。

竜が咆哮《ほうこう》する。

びりびりと体が震えて、動けなくなった。

空気が震え、竜の口から飛び出した炎の雨が大地に降り注ぐ。

熱気がゆらめく間もなくかき消されては、耳を塞ぎたくなるような轟音が次々に辺りを満たしていった。

ウルドを囲んでいた敵兵たちが、ひとり、またひとりと炭へと姿を変えていく。熱に煽《あお》られ、視界が赤く染まっていく。悲鳴さえ上げる間もないほどの高温で、敵も味方も区別なく、命という命が炎に包まれ消えていく様を、ウルドはただ呆然《ぼうぜん》と見つめていた。

「あ、ぁ」

声も出なかった。何が起きているのかも分からない。神罰《しんばつ》というものがあるのなら、きっとこういうものなのだろう。冗談のような光景を前に、ウルドは何もできなかった。無意識のうちに後退りしようとして、それさえ叶わず膝が抜ける。握っていたはずの剣を、地面に落としたことすら気づかなかった。

がくりと座りこむ寸前、力強い腕がウルドの体を支えた。背後から回ってきた腕が、ウルドを

抱え込むように、するりと上半身に絡みつく。

「どうしたの、ウルド？　真っ青だよ」

がたがたと震えながら背後を振り仰ぐ。ウルドを後ろから抱きしめているのは、見たこともない青年だった。先ほど空に浮かんでいた竜とまったく同じ、輝くような金色の髪が肩から伝い落ちてくる。こめかみを飾るうろこの名残と、人知を超えた美しさは、彼が人間ではない存在であると、ありありと主張していた。

「もしかして熱かった？　ウルドは燃やさないようにって気をつけてたんだけどなあ」

場違いに穏《おだ》やかな微笑《ほほえ》みが恐ろしくて仕方がない。危険な、関わってはいけない存在だと本能が叫んでいた。

「袖《そで》が焦《こ》げちゃってるから、このせいかな？　とりあえず脱いどく？」

けれどその本能的な恐怖とは裏腹に、のんびりとした口調と、ズレた物言いを聞くたび、ウルドの体から力が抜けていく。

だって、ウルドはこの声をよく知っている。ずっとずっと聞きたいと願っていたのだ。

「…………サウィン？」

まさか、と思いつつ呼びかけると、人外の男はぱちぱちと不思議そうにまばたきをした。

「え？　どっからどう見たって俺じゃない？　サウィンだよ。忘れちゃったの？」

「さっきの、竜は」

「俺だけど。森の民――竜族だって言ってなかったっけ？」

森の民とは単なる辺境《へんきょう》の部族のことではなかったらしい。竜だなんて聞いていないし、言われたとしても信じなかっただろう。

けれど、妙に納得してしまった。サウィンがずれているのは、言い換えれば浮世離《うきよばな》れしているということだ。そもそも人間でないというならばなんの不思議もない。

思い返せばおかしなことはいくつもあった。

出会ってしばらくの間、サウィンは食事をとっていなかったのに、腹を空かせる様子もなかった。「なんかウルド大きくなった？」と首を傾げた次の日に、ようやく追いついたはずの背をひとまわり抜かれているなんてことが何度もあった。片手でウルドをぶん投げるほどのサウィンの馬鹿力は人間業《わざ》ではないと思っていたが、本当に人間ではなかったというのなら納得だ。

言葉を失うウルドを見て何を思ったのか、サウィンはひとりでうんうんと頷き始めた。

「あっ、なるほど。顔を変えるの忘れてた。だから分かんないのか」

「顔とか、そういう問題じゃないだろうが……。馬鹿サウィン……」

神様みたいなサウィンの姿が、目の前でごくごく平凡な男に変わっていく。見慣れた友の姿を目にした途端、なんだかひどく疲れてしまった。倒れそうになったけれど、サウィンがウルドをがっちりと抱きかかえているせいで気絶することもできない。

焼け野原に立つのはウルドとサウィンのふたりだけ。

あとは運よくウルドの後方にいた自軍の一部だけが被害を免《まぬか》れうずくまっている。

つい数分前までそこに大勢の人がいたことを示すものは、溶けてひしゃげた鎧のかけらと、剣の残骸だけだった。建物であったものは煙を燻《くすぶ》らせるだけの瓦礫《がれき》の山となり、見えていたはずの青い昼空さえも、すっかりと粉塵《ふんじん》に覆われている。

夜と見紛うような暗闇の中に、太陽だけが不気味に黄色く浮かんで見えた。

呆然と焦土《しょうど》を眺めていると、誰のものとも分からぬ焦げた髪の断片が、灰に混じって飛んでくる。思わず身を竦めた瞬間、サウィンはウルドの脇に手を入れ、それはそれは嬉しそうにウルドを抱き上げてきた。

「ウルド。ウルド。ようやく会えたね」

サウィンはウルドを抱き上げたまま、くるくると回る。久しぶりに会うとこの独特なテンションについていけない。

「やめろ。下ろせ」

「やだよ。ああ、ウルドだ！　ちょっと痩《や》せた？　どうして森に来ないのさ。まだ家、完成してなかったのに、どうして作りにこないの」

「……忙しかったんだよ。四六時中穴掘りできるお前と一緒にするな」

最後に会えたら言おうと思っていたことがいくつもあったのに、何を言いたかったのかも忘れてしまった。ぺしぺしと腕を叩いてようやく地面に下ろしてもらったときには、目がすっかり回ってしまい、ひとりで立つこともできなかった。

サウィンの腹を殴るついでに、ウルドは寄りかかるようにサウィンに抱き着いた。土と緑の香り。森の香りだ。懐かしい自然の香りを胸いっぱいに吸い込んで、ウルドは鼻の奥にこびりつく、命が焼けるおぞましい匂いを必死で忘れようとする。焼け焦げた周囲の光景を直視するのが怖くて、ウルドはサウィンの肩に深く顔を埋《うず》めた。

「お前、本当に馬鹿だよな」

「だから、賢いって何度も言ってるのに！」

「馬鹿だよ。帰れって言ったのはお前のくせして、なんで来るんだよ。こんな……、こんな、神様みたいなことしてさ」

「帰れなんて言ってない。一回帰って、また来たらいいって言ったんだ」

「言ってねえよ馬鹿」

「そうだっけ？　とにかく、俺、ウルドのこと毎日待ってたんだよ。しばらく来ないから気になって、来ちゃった！　戦のせいで来られなかったなら、これでもう問題ないよね？」

人も国も、全部なくなっちゃったもんね。

そう言ってけらけらと笑う顔には愛嬌《あいきょう》があるが、この地獄のような光景を作り出した張本人だと思うと、かわいらしさよりも恐怖が勝った。炎の雨を降らせた竜の姿も、冷たい美貌《びぼう》で微笑む人外の姿も、思い出すだけで体の震えが止まらなくなる。

それなのに、目の前で無邪気に笑うサウィンは、どうしたってウルドがずっと会いたいと思っていた、大切な友だちにしか見えなかった。

そうしたいと思ったらそうせずにはいられない、単純で純粋な男がサウィンだ。こんなにも残虐な行為さえ、根底にあるのはきっと、ウルドとまた以前のように遊びたいという、それだけの望みだったのだろう。

それが分かってしまうから、なんて自分勝手なやつだと乾いた笑いを漏らすことしか、ウルドにはできなかった。

「……俺は、死ぬはずだったのに。民のために、そうしなくちゃいけなかった。無能な王にできることなんて、それくらいだったのに。馬鹿野郎」

「駄目。許さないよ、そんなの」

「なんでお前に許してもらわなくちゃならないんだ。わがままサウィン」

「だってウルドは俺のものだから。大丈夫だよ、民がいなければ王じゃない。敵も味方もなくな

れば戦は起きない。ほら、解決だ。怖いことなんて何にもないよ。ウルド」

ぎゅう、と背にまわった腕に力がこもる。口調こそ軽いが、笑みの消えたサウィンの目は、ひたすらに怖かった。同じ言葉を話しているのに通じていない。それを恐ろしいと思うのに、サウィンがウルドに執着じみた情を向けてくれたことを、嬉しいと思ってしまった。

「……お前、血が嫌いなんじゃなかったのか」

「嫌いっていうか、血肉は女神に禁じられてるからね。昔、手当たり次第に狩りすぎたせいで竜以外いなくなっちゃって、ずいぶんあのおばさんも怒ってたからさあ。血を見ると嫌な気分になるようにって嫌がらせされちゃったんだよ。……まあ、血は出してないし、いいんじゃない？」

まさかとは思うが創世《そうせい》の女神のことを言っているのだろうか。神をおばさん呼ばわりするこいつは一体なんなのか。めまいがしたが、もはや考えるだけの気力も残っていなかった。

ぎゅうぎゅうと馬鹿力で締め付けてくるサウィンの腕をなんとか押しのけ、ウルドはサウィンに背を向ける。

見渡す限りの焦土には、焼けついた影だけが不自然に残っていた。ぱちぱちと炎が燃える音が、残酷なほど静かに響く。

うめき声が聞こえた気がして、ウルドは視線を動かした。見れば、人の形をした黒い塊《かたまり》が、ウルドに向かって手を伸ばしている。黒い塊に空いた三つの黒い空洞が、ぼんやりとウルドを見据えていた。

「へ、い……か……」

声にもならない掠れ声が響き、力尽きたように腕が地面に落ちる。

ぽっかりと空いた黒い穴のひとつが、口だったのだと気づいたのは、しばらく経ってからのことだった。

「……すまない」

無意識のうちに、ウルドは口を開いていた。顔も名前も分からない、炭になりゆく誰かに、許しを請うように謝罪する。

それはウルドを守っていた兵のひとりだったのかもしれないし、戦場を走る衛生兵だったのかもしれない。ウルドが治める国に生き、命を預けてくれたその人が、若かったのか老いていたのか、男だったのか女だったのかすら分からないことが、ひたすらに恐ろしくて、悲しかった。

勝ち目のない戦に駆り出された挙句、炎に焼かれ、死に際の言葉ひとつ残せず死んでいく苦痛は、どれほどのものだったことだろう。ウルドがサウィンに会いたいとずっと望んでいたように、彼ら彼女らひとりひとりにも、きっともう一度会いたい誰かがいたはずなのに。

唇が痺《しび》れるように震える。火傷《やけど》でひりつく頬に、伝い落ちていく涙がひどく沁《し》みた。

「ウルド、どうしたの。どこか痛いの？」

乱暴に涙を拭うウルドを見て、サウィンが不思議そうに首を傾げる。答えることもできないままに、ウルドは力なく首を横に振った。

わずかに残った生存者たちは、恐怖で青ざめ、化け物を見るような目でこちらを見ていた。そんな彼らの視線を受け止めて、ウルドはきゅっと唇を引き結ぶ。

——そうだ。俺には泣く権利なんてない。泣いてる場合じゃない。

戦争さえ起きていなければ、そもそもこんな状況にはなっていないし、誰も死なずに済んだはずだった。

これは、ウルドの王としての無能が引き起こした惨事だ。

動かなくなっていく炭の塊と、命の残骸を見渡して、ウルドは目の前の光景を脳裏に刻み込む。

彼らは務めを果たしてくれた。ならばサウィンに生かされたウルドも、せめて王としての務めを果たさなければ。

ふらつく足を叱咤《しった》して、ウルドは首都であったはずの場所へと一歩踏み出す。

「どこに行くの？」とサウィンは不思議そうに問いかけた。

「用ならもうないでしょ？　城なら燃やしたよ。ウルドの家、なくなっちゃったね」

「もともとあれを家だと思ったことはない」

「じゃあなんで人《そっち》の国に行くのさ」

ぶーぶーとかわいこぶってブーイングを飛ばすサウィンは、ウルドが自分についてくると信じて疑っていないようだった。

「やることがあるからだよ」

「家づくりより楽しいこと？」

「楽しくないよ。楽しいことができるように、始末をつけなきゃいけないんだ。どこかの馬鹿が全部燃やしちゃったから、きっと民は困ってる。ただでさえ、こんなどうしようもない馬鹿が王になったせいで、ぼろぼろだったのにさ。ひとりでも民がいるなら、愚鈍《ぐどん》な能無しだろうが俺って王だ。せめて落ち着くまでは、指揮を執らないと」

「ええぇ……、せっかく迎えに来たのにー」

その拗《す》ねた声がまるきり記憶の中の声と変わらないものだから、ウルドはそのときだけ状況を忘れて、思わず吹き出してしまった。迷った挙句に足を止め、サウィンの前まで引き返す。ウルドに合わせて調整したのか、サウィンの目線はぴったりウルドと同じ高さだった。

「片付けたら、ちゃんと帰るから。もう少しだけ待っててくれよ、サウィン。お前と一緒に住んだ家が、俺の家だ」

きっぱりと宣言すれば、にへりとサウィンは笑み崩れた。

「うん、それならいいよ。あっ、ウルドの家族は俺だからね。今度はちゃんと戻ってきてね」

邪気のない笑顔につられて笑う。懐かしくて、子どものころに戻ったようだった。胸が詰まって、言葉が出ない。気がつけば、ウルドはもう一歩だけ、サウィンとの距離を詰めていた。

触れられるとどきどきとして落ち着かないのに、そばにいると誰より安心する。五年前にはすでに形を変え始めていた気持ちは、変わらないどころか募るばかりだった。

それがなんなのか、確かめたい。

顔を傾ければ、一秒にも満たない間だけ唇が重なった。

何も伝えないまま、だまし討《う》ちのようにこんなことをするのが卑怯《ひきょう》だとは分かっていた。それでも、最後に思い出が欲しかった。ウルドの気持ちとサウィンの気持ちは、きっと違う。困らせることをしたくはなかったけれど、我慢できなかった。

サウィンが目を見開く。なんとなく気恥ずかしくて、その顔を直視できなかった。ぱっと体を離して、ウルドは早口に別れを告げる。

「それじゃあ、俺は行くから。無茶苦茶なやり方だけど、助けてくれてありがとう、サウィン。……お前にずっと会いたかった。会いに来てくれて、本当に嬉しかった。ありがとう」

旧友に背を向けて、ウルドはまた『王』に戻る。

戦争を正しく終わらせることができなかったのなら、せめて後処理だけでも。忠実な部下を守ることができなかったのだから、せめて埋葬《まいそう》だけでもしてやらなければ。国を満足に導けなかった王——それも、ろくに味方のいない王が乱れた国に戻れば、きっと無事ではいられない。分かっていたけれど、ウルドの代わりがいない以上、役目を途中で投げ出すことはしたくなかった。

目を閉じて、ウルドは一度だけ深く息を吸う。焦げ臭さと、肉が焼ける匂いが入り混じった凄《せい》惨《さん》なにおいが、つんと鼻を刺した。鼻腔《びくう》にしがみついて離れない死の匂いを、ウルドは生涯忘れることはないだろう。

覚悟を決めて目を開き、火の海に沈んだ焦土を踏みしめる。

振り返らなかったウルドは知らない。唇をなぞったサウィンが、これ以上なく嬉しそうに微笑んでいたことなど、気づきもしなかった。

敵対関係にあった二国は、神の裁きとしか言いようのない災害を受けて壊滅状態に陥り、なし崩しに停戦状態となった。そんな中、ルインの国主であるウルドは、数少ない貴族たちの生き残りを率いて、壊滅状態にある国を立て直そうと奔走《ほんそう》していた。

そんな彼の目下の悩みは、人材不足と民たちの不満——ではなく、もっと身近なところにある。

「……おい」

「ん？　何さ、ウルド」

「何さも何もあるか。なんでお前がここにいるんだ、サウィン！　いつになったら帰る気だ」

「ウルドが帰ってくるのを待つとは言ったけど、俺が先に帰るなんて言ってないもんね」

ウルドの椅子の上でぶらぶらと足を揺らしながら、サウィンが得意げに笑う。殴ろうかと思った。

神出鬼没の客人をなんとかしてくれとウルドに苦情が入ったのは、復興に取り掛かり始めて間もないころだ。戦場に現れた竜が人型を取り、平凡な青年へと擬態していく様を、あのとき何人もの兵士が目撃していた。

意味深な『客人』が示す人物は明らかだった。

慌てて駆けつけてみれば、予想どおりそこにいたのはサウィンであった。

「ひとりで家づくりなんてずるい」とわけの分からないことをのたまうサウィンは、人力が必要な場所に顔を出しては、気まぐれに復興を手伝ってくれた。あの別れ際のやり取りはなんだったのかと言いたかったが、こうと決めたら頑固なのがサウィンという男だ。ウルドはしぶしぶサウィンの滞在を受け入れた。

それ自体はいい。問題は、以前と違うサウィンの行動にあった。

「ウルド」

優しい声がウルドを呼ぶ。うっかりと寄って行くと、腕を引かれて抱きしめられた。当然のように唇を重ねられ、ウルドは息を呑《の》むことしかできない。固まったウルドと目を合わせて、サウィンがいやに艶《あで》やかに笑いかけるものだから、心臓が止まるかと思った。

「な、な……」

「しぃー」

子どもに対してするように呼び掛けられて、思わず黙る。

昔からサウィンには摑みどころというものがなかった。見た目こそ同年代だが、年が読めないのだ。竜の年なんて、きっと見た目では測れない。けれどこういうときのサウィンの雰囲気には、ウルドよりもきっとずっと長く生きているのだろうと強く感じさせる何かがあった。

「ひ、とが、来る……んっ」

「大丈夫。来ないよ」

サウィンの手のひらがウルドの頬を包み込む。壊れ物でも扱うかのように優しく口付けられると、どうしたらいいのか分からなくなった。ウルドの瞼《まぶた》を撫でた指は、そのまますりと眉間《みけん》をくすぐり、何もなかったかのように離れていく。これまでだったらあり得なかった触り方に、体がぞくぞくと震えた。

ウルドの緊張に気がついたのか、くすりとサウィンが笑い声を漏らす。

「怖い顔。眉間に皺《しわ》が入っても知らないよ、ウルド」

「余計なお世話だ！」

羞恥《しゅうち》に耐え兼ねてウルドが怒鳴りつけた途端、おかしな雰囲気はぱっとなくなった。図ったようなタイミングで、人の足音が聞こえてくる。慌ててサウィンから身を離すと、何が楽しいのかサウィンはけらけらと笑い出した。

「楽しい」

「ふん！　からかうな、馬鹿」

「だって、ウルドといると、楽しくて」

「良かったな」

「うん。良かった」

じゃれ合うようなスキンシップに、触れるだけの口付けが当たり前のように加わった。そのたびウルドはサウィンを意識せずにはいられない。一度だけと決めてウルドが勝手に唇を奪った仕返しなのか、それともサウィンのことだから単なる思い付きなのか、それすら分からない。『なんで』とも『やめろ』とも言えなかった。

つまるところ、サウィンに触れられるのが嫌でないから、ウルドは困り果てている。

自分はサウィンをただの友人だとは思えなくなっているから、悩んでいるのだ。

唇を拭い、赤くなった頬をごまかすように、ウルドは咳《せき》ばらいをする。

「お前、どうせしばらくここにいる気なんだろう。寝所を用意させたから、使え」

「いらない。木があるし」

「森とは違うんだ。街の木の上で寝られると、見つけた者が驚く」

「ふーん。じゃあいいよ、ウルドと一緒に寝るから」

「は？」

さらりと告げられた言葉に、耳を疑う。

「前みたいに一緒に寝よう。ね、ウルド」

たしかに昔は並んで寝ていた。夢見が悪かったときにはサウィンの腕を枕代わりにしていたこともある。けれど今は違うのだ。

サウィンはただでさえ昔から、ウルドにとって唯一ともいえる対等な友人で、家族のように近しい存在だった。昔も今も、味方のいない絶望的な状況で、他の誰にもできない方法でウルドを助けてくれた。

己の心に育っていた気持ちに一度気づいてしまえば、あとはもう転がり落ちるようにそれは芽吹いていくばかりで、抑えられない。サウィンにとっては単なる雑魚寝《ざこね》でも、ウルドはきっともう、子どものときと同じ気持ちではいられないのだ。

「ひとりで寝ろ」

「やだ。ウルドと寝る」

「嫌がらせか?」

「なんでそうなるのさ。もっとたくさん一緒にいたいだけだよ。俺はきっと、『寂しかった』んだ。ウルドがいなくて」

「え?」

聞き間違えかと思った。ひとりで延々と穴を掘る生活が寂しくないのかと聞いたとき、言葉の意味さえ知らぬとばかりに笑っていた男が、ウルドひとりいないだけで寂しいと言ったのか?

ウルドが絶句している間に、「じゃあ、夜にね」とサウィンは軽く言って窓から出て行ってしまう。呼び止めようにも、サウィンはすでに視界から消えていた。あの気まぐれ男は決めるのも早ければ足も速い。殴りたかった。

「ひとの気も知らないで……！」

頭を抱えてうなだれる。その日の仕事は、悲しいくらい身が入らなかった。

＊　＊　＊

「こっちこっち」

我が物顔で寝台に横になったサウィンが、ぺしぺしと敷布を叩きながらウルドを呼ぶ。離れた場所でむっすりと水を飲んで時間稼ぎをしていたものの、一向にサウィンが眠る気配はなかった。

「ウールードー！」

「ああもう、うるさい！」

「出た、ウルサイくん」

げらげらと笑い始めるサウィンに青筋を立てながら、ウルドは手加減なく寝台を蹴りつけた。

ウルドにとってサウィンは色んな意味で特別だけれど、惚《ほ》れた腫《は》れたより前に、気のおけぬ友人だった。「乱暴者！」と大げさに騒ぎ立てたサウィンは、仕返しとばかりにウルドを寝台に引きずり込むと、首元に腕を絡めて締め付けてくる。

「放せ馬鹿力！」

「ウルドくんが弱いだけですう」

ひと通りもみくちゃになるまでじゃれ合って、ぱたりと並んで寝っ転がる。互いにぐしゃぐしゃになった髪を見て、ウルドとサウィンは、ほとんど同時に吹き出した。

「あー、楽しい」

「俺も。お前とこういうことするの、なんか懐かしい」

——なんだ、前と変わらないじゃないか。

変に意識することなんてなかったのかもしれない。そう思ってへらりと笑うと、なぜかサウィンは真顔になって、ウルドの顔をじっと見つめてきた。

「何、サウィン」

「んー……」

首を傾げたサウィンが、ごそりと身を起こす。水でも欲しくなったのかと思ったが、サウィンは寝台を降りなかった。代わりに、にじりよるようにウルドに覆いかぶさってくる。普段へらへらと笑っている分、真顔になるとちょっと怖い。

「ウルド」

心なしか甘やかに呼ばれて、逃げたくなった。せっかく元通りになった雰囲気が、またおかしくなっている気がする。そう思ったときには、唇が合わさっていた。ウルドもサウィンも、目を開けたまま、何を言うでもなく唇を重ねる。

サウィンはどうしてウルドにキスをするのだろう。こういう触れられ方をすると、ウルドだって、もっとサウィンに触れたくなる。

感触を確かめるように深く唇を合わせたまま、サウィンの瞳のうちに何かが見えやしないかとウルドは目を細めた。一方のサウィンもまた、じっとウルドを眺めながら、こめかみから頬までをゆるりと撫で上げていく。やがてふたりは、示し合わせたように、同時に目を閉じた。

横になった体勢でキスをするのははじめてだった。立っているときならば身を引けば逃げられるけれど、押し倒されているせいで、逃げようにも逃げられない。

よくない、と直感的に思った。サウィンがどういうつもりか知らないけれど、悪ふざけでやめるなら、きっと今が最後のチャンスだ。

ウルドはサウィンの背に手を回し、服を摑んで剝《は》がそうとした。けれどサウィンは一層手に力をこめるばかりで、ウルドから離れようとしない。何度も何度も角度を変えて口付けられて、そのたびウルドは身を固くした。

こんな、宝物を愛《め》でるようにキスをするのは卑怯だと思う。嬉しいけれど逃げたくて、怖いのにやめられない。それと同時に、強引なサウィンにも腹が立った。

何のためにウルドが、たった一回のキスでやめたと思っているのか。今の心地よい関係を壊すくらいなら、恋も愛も何も知らないままでいたいのに。

顔をひねろうとした瞬間、ぐっと顎《あご》を摑まれた。驚いた拍子に顎が上がる。そのわずかな瞬間を逃さずに、サウィンは舌を差し込んできた。

「んー!」

驚き声を上げて抗議するが、サウィンはどこ吹く風とばかりにウルドの頭を撫でるだけだった。

そうじゃない。ウルドはやめろと言っているのだ。

息ができなくて苦しいのに、舌を絡めてゆるゆると擦《こす》られるたび、体が熱くなっていく。引き剝がそうとしていたはずの手は、気づけばサウィンの背に縋《すが》るだけになっていた。翻弄《ほんろう》されるまま、与えられる心地よさをただ受け止める。時折、鼻から抜けるような声が漏れるたび、それでいいのだとばかりに頭を撫でられるのがいたたまれなかった。

「ん、……っ!　はっぁ……」

ようやくサウィンが体を起こしたときには、すっかりウルドの息は上がっていた。目元を撫でられたから何かと思えば、涙を拭われたらしい。

頭がぼんやりとしていた。頬が熱い。顔も赤く、涙も流して、さぞかし己は無様《ぶざま》な顔をしているのだろうと思うと、喚き出したい気持ちになった。

「な、んの……つもりだ！　サウィン。この間から、ずっと……！」

「んー？　だって、キスしたいなあって思ったから。久しぶりに会ったとき、ウルドがしてくれたでしょ？　なんか、ああこれだーってなったんだよ」

「分かるように言え」

ぜえはあと息も絶え絶えなウルドとは真逆に、サウィンは涼しい顔でウルドを見下ろしていた。

「なんでこういうこと、するんだ」と聞き直せば、「なんでかなあ」と気の抜けた返事が返ってくる。血管が切れそうだった。

「ウルドのそういう顔、いいなと思って」

「は？　馬鹿にしてるのか」

「してないよ。でも、なんでかな。かわいくて」

「とうとうおかしくなったんだな。前からだったけど」

「どうだろう。でも、もっと見てみたい。そういう目で見られると、たまらないや。俺、こういう欲ってあんまりないはずなんだけどなあ。やっぱり擬態してると、外の皮につられるのかな？」

「わけが分から――」

続く言葉は、唇で封じられた。頭を抱えられるようにして、丁寧に口の中を探られる。逃がしてはくれない強引さがあるくせに、ウルドばかりが与えられている気分になる、優しいキスだった。

舌が出入りするたび肌が粟立《あわだ》ち、唇を甘噛みされると腰が跳ねる。飲み込み損ねた唾液《だえき》が口の端から垂れていくことは分かったけれど、気にするだけの余裕もなかった。

唇を合わせているだけだ。口の中の粘膜を、舌で撫でられているだけだ。こんなの、大したことではない。言い聞かせても、こんな風に求められると、期待せずにはいられなかった。

(俺を好きになってくれる人なんて、いるわけがない。こんなのただの、サウィンの遊びだ)

忘れるな、勘違いするな、と自分に言い聞かせる。

けれど、そんな頑《かたく》ななウルドごと抱きしめるように、サウィンはウルドにキスをし続けた。ざらりと長い舌が、奥で縮こまっているウルドの舌を根気よく誘っては、サウィンらしくウルドをからかうように絡めとっていく。

体の熱は高まるばかりだった。手の甲を撫でられただけで肩が震えるほど、キスだけでウルドの体は高められていた。

聞いていない。キスがここまで気持ちのいいものだとも聞いていないし、サウィンがここまで手慣れているとも聞いていない。

騙《だま》された。

何に騙されたと言いたいのか自分でも分からぬまま、ウルドはひたすら脳内で嘆く。

「ぁ、……っ」

「ふふ、やっぱりいいなあ。かわいい。もっと見たいな、ウルド」

気がつけば頭の下にサウィンの腕があり、愛おしむように頬を撫でられていた。先ほどまでの、人の首に技を決めて喜んでいたガキ臭さはどこに行ってしまったのか。いきなり年上染みた色気を出してくるのはやめてほしい。心臓によくない。

声も出せぬまま、ウルドはそっと内股をすり合わせ、体をひねろうとした。ひとえに、サウィンには気づかれたくない事情のためである。けれど、普段のおおざっぱさをどこかに忘れてきたらしいサウィンは、目ざとくそんなウルドの仕草に目を留めた。

「気持ちよかった？　恥ずかしがらないでもいいのに」

外衣の上から、やんわりとサウィンはウルドの内股を撫でる。羞恥で死にそうだった。

「触るな、馬鹿！」

「大丈夫大丈夫。撫でるだけ。そのままじゃつらいでしょ」

「やめ――、う、あっ」

布越しに形を確かめるように撫でられて、びくびくと腰が揺れた。とっとと触れと言いたくなるような、もどかしい刺激に、服の中が濡《ぬ》れていくのが自分で分かる。たまらず目を瞑《つむ》ると、笑う気配とともにまた唇を塞がれた。

「いや？」

「いや、……じゃ、ないけど……」

「じゃあ、いいよね」

とっくにいっぱいいっぱいだったウルドには、サウィンの背に縋りつくことしかできない。ぞくぞくと体の内側から熱くなるようなキスとともに、サウィンの手が服越しにウルドの体を這っていく。じれったい触れ方しかしてくれなかった手が、ようやく服の中のものを直接撫でたときには、もはや声を抑える余裕もなくなっていた。

「ぁ、あっ」

びくりと腰が反り、己のものだとは思いたくない上擦《うわず》った声が鼻から抜けていく。ウルドは未婚だったし、閨《ねや》教育すら受けずに王座についた。他人にそんな場所を触れられたことは、当然ながらない。初めて与えられる他者からの刺激に、あっという間にウルドは夢中になった。

サウィンの手に擦りつけるように腰を動かしていることにも気づかないまま、ウルドはただ、声を零して与えられる快楽を追う。

「ふっ、う」

「かわいいね、かわいい。やっぱり、楽しい。俺、きっと、ずっとこうしたかった」

「あっ、う、ぅーっ」

「気持ちいいねえ、ウルド。出していいよ」

好き勝手に触っているくせに、くすぐったくなるくらい優しい目でサウィンが見てくるものだから、我慢できなかった。

「ぁ、あ……サウィンっ」

肩を掴んでサウィンを引き寄せ、唇にぴたりと唇を押し付ける。サウィンがしてくれたものに比べれば拙《つたな》いにもほどがある口付けだったが、サウィンはにへりと笑み崩れながら、嬉しそうにウルドの口付けに応えた。

早まる手の動きに導かれるまま、声も上げずにウルドは体を震わせる。サウィンの手の中に白《はく》濁《だく》を吐き出しながら、全身を強張らせたウルドは、やがてゆっくりと体を弛《し》緩《かん》させていった。

「は、……はっ、はぁ……」

気持ちよかった。頭が真っ白になって、自分がどこにいるのか一瞬分からなくなるほど、興奮した。それくらいサウィンにされたことはものすごかった。

「はい、おつかれ」

「……その声掛けはどうなんだ、お前……」

快感に支配されていた頭が正気に戻ってくると、無性に恥ずかしくなり、腹が立ってくる。

「お前、勝手にもほどがある……！」

「まあまあ、いいじゃん。気持ちよかったでしょ」

「………よかったけど。お前はどうなんだ」

「え？　俺？」

手を拭《ふ》きながら、サウィンは意味が分からないとばかりに首を傾げる。意味が分からないのはウルドの方だった。一方的に気持ちよくさせられてしまったが、男娼《だんしょう》や娼《しょう》婦《ふ》相手ならいざ知らず、こういうのはお互いにするものなのではないのだろうか。

（いや、こいつとは別に恋人でもなんでもないけど）

サウィンの体の状態はどうなのかと気にはなったが、外からでは分からなかった。手を伸ばすより前に「俺はいいよ。また今度」と言われてしまえば、ウルドにできることは何もない。もしかしたらサウィンはただウルドで遊んでみたくなっただけで、ウルドとそういうことをしてみたいわけではないのかもしれない。

臆病者のウルドにできるのは、ただサウィンの言葉尻を拾うことだけだった。

「『今度』があるのか」

「えっ、ないの？」

「……ある、でいいのか？」

「そりゃそうだよ」

聞いておいて何だが、サウィンとこんな会話をすること自体がむず痒《がゆ》かった。何の意思確認だと突っ込まずにはいられない。

「もう寝ろ」

「うん。次からだんだん慣らしていこうね。おやすみウルド」

「……おやすみ」

(慣らす？　次から？)

辛うじて返事はしたものの、ウルドの頭は疑問符でいっぱいだった。意味はよく分からないけれど、ウルドに触れたいと、サウィンも思ってくれているのだろうか。

たとえ気持ちを通い合わせた行為でなくとも、サウィンと触れ合えるのは嬉しい。次があるなら、今度はウルドもサウィンに触れてみたい。

未知の快楽への好奇心と、サウィンとの関係が崩れることへの恐怖が半分ずつ。胸の中でぐるぐると暴れる気持ちを抑えつけるだけで、ウルドには精一杯だった。

第六章

サウィンと隣り合って寝台にもぐりこみ、じゃれあって、体温を感じながら眠る。それはウルドの新しい習慣になった。

触れるだけのキスにはもう緊張しない。キスはただ心地よいだけの触れ合いなのだと、来る日も来る日も教え込まれて、ウルドの感覚は麻痺《まひ》させられていた。

実際、サウィンとのキスは心地よい。

戯《たわむ》れのように唇《くちびる》を重ねるたび、疲れが抜けていくようだった。時折仕掛けられる深いキスは、いまだにどう対応すればいいのか分からないけれど、流されるまま慣らされている気がする。良いのか悪いのか、ウルドには口付けの合間に息をするだけの余裕ができた。もっともこれに関しても、サウィンに教えられたというのが正しいかもしれない。

「は……っ」

「上手になったね」

「えらそうに……！」

「ふふん、これに関しちゃ俺がウルドの先生だからね！」

立ったまま、今日もウルドはサウィンとキスをする。にこにこと微笑《ほほえ》みながら、サウィンはごく自然にウルドの腰を抱き、より体が密着するようにウルドを誘導した。目を閉じれば、ふわりと触れるだけの口付けを与えられる。

サウィンはいつも、ウルドが欲しいときに欲しいものをくれる。ウルドがいっぱいいっぱいになるとあっさり引くし、長く楽しんでいたいと思えば啄《ついば》むようなキスをくれた。

かと思えば強引にウルドに触れて、快楽を引き出し、ウルドに新しいことを教えていくのだから、何がしたいのかさっぱり分からない。

「ウルド、気持ちいいこと好きだよね」

「……まあ、そりゃ。何か文句でもあるのか」

「ん？　ううん。ないない。ちょろくてかわいいなって」

「はあ？　馬鹿にしてるのか」

「してないよ。そのままでいてね」

ぐりぐりとウルドに頬《ほお》ずりしてくるサウィンの仕草は子どもっぽいのに、楽しそうに細められた目の奥には、妙な色気が滲《にじ》んでいる。友人というには過ぎた接触をするようになってから、サウィンが見せるようになった顔だった。平凡な黒い瞳《ひとみ》に、時折金色の光が混じって見える。その目でじっと見据《みす》えられると、おかしな話だが食われそうな気分になって落ち着かない。

べたべたと抱き着いてくるサウィンを押しのけ、堅苦しい仕事着を手早く脱ぐと、後ろからサウィンの声が追いかけてくる。

「国づくりは進んでる？」

無邪気な問いかけに、ウルドは顔を曇《くも》らせた。

「ぼちぼちな。広間に建ててた集会場が完成したから、人を誘導しないといけない。家も人も足りないから、手が回りきらないのが難しいな。仕方がないことだけど」

家屋不足は戦《いくさ》による被害というよりは、サウィンの所業が原因だが、責めるつもりはなかった。サウィンのやったことより、ウルドの無能さで起きた戦の被害の方がよほど大きいことを、ウルドは知っている。

「何度も言ってるけど、お前は森に戻っていい。嫌になったら、いつでも帰っていいから」

「何度も言ってるけど、嫌だね！　俺、力持ちだから役に立ってるでしょー？」

「うん。でも、もう十分だ。まだしばらくかかるだろうから、もういい」

「もういいって言うと、ウルドは来なくなっちゃうからなあ」

寝台の上で足をばたつかせながら、そう言ってサウィンは唇を尖《とが》らせる。口調こそ軽いのに目が笑っていないところを見ると、五年間会いに行かなかったことをかなり根に持っているらしかった。

「昔の話をぐちぐち言うな。しつこいぞ」

「ウルドが冷たい」

しくしくと泣きまねをするサウィンを放置して、ウルドは水がめから水をすくい上げる。「森の水の方がおいしい」とサウィンが初日に持ち込んだものだ。うまいのは事実なので、ウルドも相伴《しょうばん》にあずかっている。

喉《のど》を潤《うるお》している最中、部屋の隅に見慣れない影があることに気がついた。あんなところに物を置いた覚えはない。覗《のぞ》きに行ってみれば、そこには物騒《ぶっそう》な品々が無造作に積まれていた。

「なんだ、これ？」

空き瓶。針。ナイフ。壊れた皿に、誰かのものと思わしき服まで。一日で集めたにしては量が多いから、ウルドが気付かなかっただけで何日も前からあったのかもしれない。またサウィンのおかしな思い付きかと思った直後、布の切れ端に血痕を見つけて凍り付く。

「……血？　おいサウィン。危ない目にあってないよな？」

「俺は危なくないよ？」

とんちんかんな答えに苛立《いらだ》って振り向くと、サウィンは似合わぬ冷たい笑いを浮かべて、がらくたの山を見つめていた。

「おいたをしようとしてるやつらがいたから、お仕置きしただけ。ウルドは人気者みたいだけど、誰にもあげないよ」

その言葉に、ウルドは苦々しく顔を歪《ゆが》める。

「もしかして、危ない目にあってたのは、俺か」

そうだとも違うとも、サウィンは言わなかった。代わりにぱっと明るい笑みを浮かべて、サウィンは拳《こぶし》を突き出した。

「ウルドは何にも気にしないでいいんだ。俺はウルドを連れて帰るって決めてるの。一緒に土の家を作ろうね。人の国を作るのは今だけだよ。だから早く、やることを済ませてね」

にこやかに笑うサウィンに、ちょっとだけ肝《きも》が冷えた。誰も消されていないか後で調べておこうと心に決める。ウルドの気も知らず、サウィンは気の抜けた声とともに伸びをした。

＊　＊　＊

翌朝、完成したばかりの集会場で、ウルドは窓越しに青空を睨《にら》みつけながら、眉間《みけん》に皺《しわ》を寄せていた。

「やっぱり、どう考えても人手が足りない」

会議中ということもあり、頭を抱え込みたい気持ちをなんとか堪《こら》えはしたものの、ぼやきまでもを押し込むことはできなかった。ため息をつけば、伝染したかのように周りからも唸《うな》り声がこぼれ始める。

「城周りから南部にかけては、ほとんど壊滅状態ですからな」

「食料の支援は届いてるんですがねえ」

「食い物だけあっても、瓦礫《がれき》を退けて家屋を建て直さんことには、復興が進みませんよ」

質素な部屋の真ん中で、老若男女が額《ひたい》を突き合わせて意見を交わす。生き残りの文官武官《ぶんかんぶかん》に始まって、平民自警団のリーダーや、炊き出しを仕切る町食堂の女将《おかみ》まで。身分も所属も関係なく、壊れた国を建て直すために集まってくれた者たちだ。

「北部から人を引っ張ってこられないか？　あそこはまだ被害が少なかったろう。避難してる連中もいたはずだ」

「無理だ。北部はリンドゥー卿《きょう》の管轄《かんかつ》だぞ。あの偏屈者《へんくつもの》が身銭を切るとは思えん」

「国家の危機に派閥《はばつ》争いなんぞしとる場合か、あのジジイめ！　どいつもこいつも、この機に乗じて権力を手に入れることしか考えとらんのか、まったく」

「――いや、一概《いちがい》にそうとも言えないかもしれませんぞ」

ぽんぽんと意見が飛び交う中で、ひとりの男が重々しく口を開く。声音《こわね》に滲む深刻さに、部屋中の視線が一気に集まった。

「アンガス大臣。どういうことだ」

皆を代表してウルドが問いかける。長い顎《あご》ひげをたくわえたアンガス大臣は、亡き前任に代わって大臣職を引き受けてくれた、経験豊かな元・文官だ。人手が足りないのだと泣きついた情けない王を笑いもせずに、停戦が決まった日から今の今まで、言葉の足りないウルドを補ってくれている。

「派閥争いというよりは……国民感情を制御するのに、諸侯《しょこう》も苦労されておるのではないか、ということです」

アンガスは、ちらりと気遣《きづか》わしげな視線をウルドに向けた。

「なんと申し上げれば良いか……。停戦とはなりましたが、我が国の土地は荒れ、民はいまだ元の生活からは程遠《ほどとお》い状態でございましょう?」

「そうだな。だから、せめて最低限の生活が送れるように、建て直しを急いでいる」

ウルドが相槌《あいづち》を打てば、「ええ、それ自体はよろしいでしょう」とアンガスは重々しく頷《うなず》いた。

「ですが、荒《すさ》んだ人心は、小さな火種ひとつで一気に燃え上がります。それが問題なのです。以前、陛下《へいか》に護衛をつけられてはどうかと進言したことを、覚えておいでですかな」

「ああ。だが、俺に人手を割《さ》くくらいならほかに回すべきだと断ったな」

それが何か関係あるのかとウルドは首を傾《かし》げる。

何千、何万もの民を死なせておいて、今さら自分の命を惜しむつもりはウルドにはない。まして現状は、身の回りの世話をする者どころか、伝達役さえろくにいないほどの人材不足なのだ。公《おおやけ》の場以外で護衛をつける必要を感じない。

「そもそもこれまで襲《おそ》われたこともないしな。それも信じがたいことだが……」

昨夜のサウィンの口ぶりを思うと、ウルドが気づいていなかっただけかもしれない。そう思いつつ口にすれば、案《あん》の定《じょう》、アンガス大臣は言いにくそうに眉尻《まゆじり》を下げた。

「恐れながら、襲撃《しゅうげき》はありました。暗殺を企《くわだ》てた者も、両の指では足りないでしょう」

「……やっぱりか。俺が気づかなかっただけなんだな」

情けない、と項垂《うなだ》れる。そんなウルドを見て、アンガス大臣はどこか不本意そうに表情を曇らせた。

「それはその、陛下どころかこちらが手を回す前に処理されてしまいますからな……」

口ごもるアンガスの声は、考え込むウルドの耳には届いていなかった。

「襲撃か……。狙いは王位の簒奪《さんだつ》か？　いや、貴族が裏にいるなら、もっと規模が大きくなるよな。なら、民が中心となって動いたものかな。やっぱり、税制を変えるのが早すぎたんだろうか。職も建物も足りていないし、皆が求めているものと方針が合っていないのか……？」

思考に沈み込みそうになるウルドに、アンガスは「陛下」と控《ひか》えめに声を掛ける。

「そうおひとりで悩まれますな。考えるのは良いことですが、考えすぎて後ろ向きになりすぎるのはウルド陛下の悪い癖ですぞ」

諭《さと》すような声音に、一気にバツが悪くなる。

「すまない。サウィンにも同じことをよく言われる。気をつけるよ」

サウィンの名を出した途端《とたん》に、ぴくりとアンガスが眉をひそめた。違和感はあったものの、気のせいか、と気を取り直してウルドは咳《せき》ばらいをする。

「話が逸《そ》れたな。要は諸侯ではなく、民の不満が問題の根にあるということだよな？　原因に見当はつくか？　ものによっては対策の打ちようがあるはずだ」

「……大変申し上げにくいのですが、陛下が今お名前を口にされたご客人、まさにそのお方が原因と思われます」

「え？」

先ほどの違和感は気のせいではなかったらしい。これでもかというほど眉尻を下げたアンガスは、さながら患者に余命を告げる医者のような悲痛さで以《も》って続ける。

「人の口は封じられません。あの日、神罰《しんばつ》を下した竜が青年に姿を変える瞬間を、何人もの兵が目撃しておりました」

大臣の言う『あの日』がいつかは明白だった。停戦のきっかけとなった日、空から降り注いだ無数の炎と、人と大地が焼き払われた光景を思い出すだけで、ぞわりと肌が粟立《あわだ》っていく。

「神の如《ごと》き力を、畏《おそ》れぬ者がいましょうか。それを為《な》したものが人の理《ことわり》の外に在《あ》ることは、あの日、竜の『声』を聞いたこの国の者すべてが知っています。であろうとも、焼かれ奪われた命を、家を、故郷を、どうして嘆かずにいられましょう?」

ざっと血の気が引いていく。

金色の美しい竜の姿を思い出す。あの日、戦場で竜の声を聞いた兵士たちは、呆然《ぼうぜん》と空を見上げていた。断末魔《だんまつま》を上げる間もなく、炎に呑《の》まれていった。サウィンを知らぬ者からすれば、あの日見た竜は、ただの理不尽な化け物でしかなかったことだろう。

ウルドはサウィンを知っている。浮世離《うきよばな》れしているけれど、心底《しんそこ》純粋で優しい友人だ。あの日だって、ウルドを助けることしか、きっとサウィンは考えていなかった。

「でも、あいつは――」

「大切なご友人なのでしょう。見ていれば分かります。それでも……恐ろしいのです。割り切れないのです。なぜ王はそれを許すのか、と」

「分かってる。それは俺も、ちゃんと分かっているよ」

それ以上の言葉を続けられなくて、ウルドは唇を噛《か》んだ。

リーアム将軍の家に訃報《ふほう》を届けた日、亡き将軍の奥方は、感情の消え失せた目でウルドを見た。

国を荒れるに任せた王を恨む気力も、竜に焼かれた街を悼《いた》む余裕も、彼女の中には残っていなかった。

どうしてこうなってしまったのでしょうね、と呟《つぶや》いた声の空虚さを、今も覚えている。彼女の問いに答えるための言葉を、いまだウルドは見つけられていない。

——それでも。

冷たくなった手のひらを握り込み、ウルドはゆっくりと顔を上げた。

「北部に行く。避難している民たちとリンドゥー卿に、直接話をしようと思う」

戸惑いを浮かべる協力者たちを、ウルドはまっすぐ見返した。

ウルドは若く、経験も教育も才覚も、すべてが足りない無能な王だ。それでも今、ウルドにしかできない、ウルドがやるべきことがあるはずだった。そうでなければ、今この場に立っている意味がない。

「お辛《つら》い思いをされるやもしれませんぞ」

「覚悟の上だ」

その日のうちに、ウルドは首都の北部に位置する領地を訪れるため、各所に渡りをつけた。

＊　＊　＊

日の出と同時に街を出立したウルドたちは、昼前には北部の街に足を踏み入れていた。

目に見える被害が少なくとも、戦争の煽《あお》りはルイン全域に及んでいる。焼けた家屋こそ少ないが、北部の街にはどこか閑散《かんさん》とした空気が漂っていた。曇天《どんてん》の空の下、風が砂埃《すなぼこり》を巻き上げる音が、いやに大きく響く。

「活気があるとは言えませんな」

ぽつりとアンガス大臣が呟いた。

「でも、子どもが外で遊んでいる。商《あきな》いも動いているみたいだし、戦時中よりはマシだ」

「そうですな。あとは諸侯とも連携を取れるようになれば、こちらからも働きかけられる部分も増えるのでしょうが……」

「そのための会談だ」

アンガス大臣と連れ立って、ウルドは領主との面会場所へと向かう。視察も兼ねて、街の入り口からは馬車ではなく、徒歩で行くことにしていた。護衛を担う兵士たちは最小限の人数しか連れてきていないが、それでも目立つのか、民の視線がちくちくと刺さる。

サウィンはいない。神出鬼没なあの男は、ウルドが朝食を口にするのを見届けて、今日もどこぞへと出かけていった。自由気ままずぎる行動は、普段であればイラっとするところであるが、今日に限っては都合がいい。

「リンドゥー卿との面会のあとは、避難民を訪ねる予定になっております。役所の中に――……おや、なんでしょうな？　騒がしい」

予定の最終確認をしている最中、護衛と民衆が揉《も》み合う声が遠くからにわかに聞こえてきた。様子をうかがうも、一向に騒ぎは鎮《しず》まらない。それどころか、野次馬《やじうま》が辺りを囲むにつれて、騒ぎはおさまるどころか激しさを増しているようだった。

そんな中、護衛の兵士が焦《あせ》ったようにこちらを振り向いた。土ぼこりの向こうから、兵士たちの手をかいくぐってくる小さな影が見える。その影は、一直線にウルドを目指していた。

「無能な王め！」

怒鳴り声が響いた。幼さを残す少年の声だ。

アンガス大臣が、慌ててウルドの方へと手を伸ばす。庇《かば》われるまでもなく、少年が石を投げたのは分かっていた。しかし、ウルドはその場を動かない。石を投げた少年が、あまりに悲痛な顔をしていたから、避ける気にはなれなかった。

硬い小石が、ウルドの額に音を立ててぶつかり落ちる。

「……っ」

「どのツラ下げてここに来やがった！」

少年は、血を吐くような声でそう叫《さけ》んだ。石を投げつけた勢いもそのままに、少年はウルドに飛びかかる。その手に握られたナイフが、少年の涙を弾いてきらりと光った。

「死ねっ！」

「――それはだめだよ」

緊迫した状況に似つかわしくない、のんびりとした声が聞こえた気がした。兵士の手が少年に届くより早く、誰かが少年の手からするりとナイフを取り上げていく。

額から流れる血で視界は悪いが、見慣れた茶色の髪をウルドが見間違えるはずもない。

「……今日はずいぶん遠くまで来てるんだな、サウィン」

どこから出てきたのかも分からぬサウィンは、当たり前のようにウルドの隣に立って、にこりと笑った。

「親方が、腰が痛くて材料が運べないって言うからさ。運んであげようと思って」

「親方？　またどこかの建築を手伝ってるのか。先にこっちに話を通せって言っただろ」

「前に行ってたところと一緒だよ。暇なら手伝えってうるさいんだ」

朗《ほが》らかな声の隣で、バキバキとおかしな音が響く。何かと思えば、少年の手から取り上げたナイフを、サウィンはビスケットか何かのように指先だけで砕《くだ》いていた。

「馬鹿力」

顔を引きつらせながらウルドが呟けば、サウィンはウルドの額の怪我《けが》をちらりと見たあとで、軽く首を傾げた。

「これは止めて良かったよね？」

「ああ、ありがとう。……今までの分も。助けてくれてありがとう」

ウルドの言葉に、サウィンは肩をすくめてみせた。ふたりの間には、それだけで十分だった。

一歩遅れて駆けつけた兵士が、慌《あわ》てた様子で少年を地面に押さえつける。暴れる少年を無感情に見下ろして、サウィンは不思議そうに問いかけた。

「この子は？」

「俺の客だよ」

「そうは見えないけど」

二人分の視線を受けて、びくりと少年が体を震わせる。その震えをきっかけにしたかのように、ひとりの老女が人垣《ひとがき》をかき分け、場に割り込んできた。

「お、お許しください！　どうか、ご慈悲《じひ》を……！　孫はまだ、物事の分別《ふんべつ》がついていないのです。命だけは、どうか！」

兵士に取り押さえられている少年の頭をさらに引っ摑《つか》んで、老女は必死の形相《ぎょうそう》で額を地面にこすりつけた。震える老女の姿を見て、ウルドは苦しげに目を伏せる。しかし、すぐにしかめ面を作ると、サウィンの視線を遮《さえぎ》るように彼女たちの前に出て、しっしっと手を振った。

「ほら、行った行った。庇ってくれたことには感謝するけど、やることあるならさっさと戻れ、サウィン。この人たちは俺の客で、俺は仕事中だ。邪魔するな」

「邪魔もの扱い？　ひどいなあ」

「俺が自分の仕事に手を出されるの嫌いだって知ってるだろ」

「でもウルド、怪我だってしてるし……」

「こんなの怪我のうちに入らない。……彼らの方が、よっぽど痛い思いをしてきたんだ」

サウィンが首を傾げているのは分かったけれど、ウルドはそれ以上の問いを遮るように、「分からなくていい」と呟いた。

「人の国には、色んな複雑なことがあるんだよ」

「……分かったよ。ウルドの仕事をつついたら怒るって、レンガで散々痛い目見たからね」

諦《あきら》めたように首を左右に振って、サウィンはウルドに背を向ける。

サウィンの行く先へと人垣が割れていくのを横目に、ウルドは戸惑う兵士に「その子どもを離していい」と指示を出した。ウルドが少年の前に膝《ひざ》をつくと、少年は威嚇《いかく》するように唸り声を上げる。

「なんだよ。鞭打《むちう》ちか？　ギロチンか？　やれるもんならやってみろ！　お前なんて怖くもなんともない！　馬鹿王め」

「ああ、俺は馬鹿だよ。分からないことばかりだ。だから、君が泣いてる理由を教えてほしい。……ご婦人、あなたも。首を刎《は》ねたりしないから、そう怖がらないでくれ。今さらだけど……本当に、今さらだけど、皆《みな》と話をしたくて、俺はこの街に来たんだ」

その言葉を口にした途端、刃《やいば》のような視線がウルドの全身に突き刺さった。目の前の少年だけではなく、周囲を囲む民衆からも、一斉《いっせい》に冷たい視線が向けられる。

体が竦《すく》み、喉が震えた。それでも、ウルドは凛《りん》とした表情を崩さない。

少年が口を開くまで、ウルドは辛抱《しんぼう》強く待ち続けた。やがて、絞り出すような声が耳に届く。

「……にいちゃんは、お前のせいで死んだんだ」

「戦に出ていたのか」

「兵士だったた。俺とばあちゃんを守るって、志願した。力持ちだった。優しかった。この戦いが終われば、帰ってくるはずだったんだ。そう手紙に書いてあった」

「そうか」

「戦なんて勝ったって負けたってどうでもよかったんだ。神秘の森での戦いさえ終われば、なんだって。にいちゃんじゃなくて、お前が死ねばよかった。そうすればもっと早く、全部終わったのに」

「……そうかもしれないな」

ウルドが自嘲《じちょう》すると同時に、老女が声にならない悲鳴を上げて少年の頬を叩いた。

「――なんてことを言うの！　いい加減そのバカな口を閉じなさい！　死にたいのかい？」

恐怖に耐えられなくなったのか、老女は金切り声を上げて少年の口を封じようとした。けれど、少年は老女の腕から逃れ、なおもウルドを睨み続ける。

「殺すなら殺せよ。みんなと同じところに行けるなら本望《ほんもう》だ」

「君のご両親は」

「とっくに死んでるよ。父ちゃんは流行《はや》り病にやられた。母ちゃんは、隣の国のやつらが攻め込んできたはじめの年、買い付けに行ってそれっきりだ。おかしいよな、ふつうに暮らしてただけなのにさ……！」

話しているうちに怒りがぶり返してきたのか、少年はほとんど裏返った声で喚《わめ》き出す。

「なあ、なんでだよ！　理由を教えろってあんた言うけどさ、聞きたいのは俺たちの方だ！　偉《えら》い王様なら教えてくれよ。にいちゃんは国の――あんたのために戦っただろ。父ちゃんも母ちゃんも、ちゃんと働いて税を納めてただろ。みんな、ひとつだって悪いことしてねえよ。なのに、なんで死ななきゃいけなかった？　なんでこんな目に遭わなきゃいけないんだ？」

ゆらりと少年が半身を起こし、ウルドの胸ぐらに摑みかかる。捕らえようと動いた兵士をそっと手で制して、ウルドは襟首《えりくび》を掴まれるがまま、少年の叫びを受け止めた。

「竜が空を飛んでるの、俺だって見たよ。あの金色の竜が人のフリしてここにいるから、敵の国は怖くて攻めてこられないいんだって？　だからなんだよ。感謝しろってか？　――ふざけんな！」

少年の嘆きに呼応するように、周りを囲む民たちの目が険《けわ》しくなっていく。囁《ささや》き声がそこかしこから聞こえ出し、中には野次を投げかける者さえいた。一歩間違えれば爆発しかねない危険な空気を感じながらも、ウルドは黙って少年の怒りに向き合い続ける。

「竜なんてものがいるなら、戦を止めてくれるなら、なんでみんなが死ぬ前に来てくれなかった？　なんでにいちゃんを殺した？　俺たちが何したってんだよ。……あの竜さえ来なければ！」

「――竜は」

ウルドは静かに口を挟んだ。

ウルドはサウィンの無邪気な笑顔が好きだ。あの日、炎の中でサウィンに抱きしめられて感じた安堵《あんど》も喜びも本物だった。けれど同時に、どうしようもない恐怖を感じたことも本当だった。

竜と人の間には、きっとどれだけ言葉を交わしても分かり合えない違いがある。

「竜は、人の理屈で動かない。国も身分も、命の重さもしがらみも、きっと彼らは気に留めない。だから先人は、神秘の森への立ち入りを固く禁じて、関わらないことを選んだのだろう。……禁を破ったのは我々だ。どうか、竜を恨むな」

「禍《わざわい》を呼び込んだのは、クソッタレな敵どもと王族《あんたら》だ。ルインの民《おれたち》じゃない！」

「ああ、その通りだ！」

悲鳴のような叫びを、ウルドは真っ向から受け止め、同じだけの大きさで叫び返した。

ウルドの声の勢いに驚いたように、少年はぽかんと口を開ける。隣の老女も、周囲の民も、皆言葉を失ったように、黙ってウルドを見つめていた。

「疫病《えきびょう》への対策が遅れたのも、帝国につけ込まれる隙《すき》を見せたのも、戦が長引いたのも、森の奥にいたはずの、優しい竜を戦場に来させてしまったのだって、すべて王族の……王《俺》の責任だ！」

己《おのれ》の胸ぐらを摑む小さな手に、ウルドは自分の両手をそっと重ねた。涙と泥で冷たく濡《ぬ》れた手を握り込み、震えが伝わらないようにと強く胸に引き寄せる。

「だから、恨むなら俺を恨め。すまないなんて言葉では取り返しがつかないと分かっている。謝罪のしようもないほど、つらい思いをさせてしまったと、分かっている。できることはすべてする。絶対だ。パスメノス帝国にも怯《おび》えず、大切な誰かをこれ以上喪《うしな》わなくてすむように、手を尽くすから。だから……っ」

掠《かす》れる声が情けなくて、自分の舌を切り落としたくなった。

王座を引き受けてから五年、どうしたらいいのか教えてほしいとずっと悩んできた。どうしてこうなってしまったのかと嘆いてきた。けれど、どうして、と本当に嘆きたかったのは、毎日を懸命《けんめい》に生きてきただろう民たちの方なのだ。そして彼らの嘆きは、サウィンの降らせた炎だけが原因ではない。

「不満があれば教えてくれ。願いがあれば聞かせてくれ。全部を全部叶《かな》えることはできないけど、皆にとって良い国になるようにする。ふさわしい者に王座を渡せるその日まで、俺にできる償《つぐな》いは、全部するから」

どうか力を貸してほしい。

掠れた声で呟くと同時に、ぽつり、とぬるい雨がウルドの頬を打った。ぽつぽつと降り始めた雨が、瞬く間に激しさを増していく。人々の言葉ごと飲み込むほどの勢いで、雨は人と大地を隔《へだ》てなく濡らしていった。

あっという間にびしょ濡れになった少年は、ウルドが握り込んだ自分の手をぼんやりと見て、「冷たい」と小さく呟く。

「にいちゃんも、手を握ってくれた。戦争に行く前。『ばあちゃんと畑を任せたぞ』って」

「そうか」

「震えてたから、だせえのってからかってやろうと思ったけど、似合わねえ真面目な顔しててさ。『絶対、帰ってくるから』って」

「……そうか」

「あの時止めてたら、違ったのかな」

顔を上げた少年は、じっとウルドを見つめた。リーアム将軍の妻と同じ、途方に暮れたような顔をしていた。

「にいちゃんは、『俺より年下なのに、いきなり王様になって可哀想《かわいそう》だ』って、あんたに同情してたよ。周りになめられて、色々嚙み合ってないんだろうって。うまくできないなら、他のうまくできるやつがやりゃあいいじゃんって俺は思ったけど、それはできないから、助けになれたらいいなとかって言ってさ。意味分かんないよな」

「……優しいな。俺の兄とは大違いだ。会ってみたかった」

「もう会えない」

それきり少年はうつむき、口を開かなくなった。

雨音だけが静かに響く。目の前の少年の怒りに報《むく》いる言葉も、慰《なぐさ》めになるような言葉も、探せど探せど思いつかなかった。

奥歯を嚙み締めたそのとき、ウルドの背をそっと支えてくれる手があった。

「失ったものは戻りません。ですが、残ったものを守り、新たに築くことはできましょう」

ウルドの隣に膝をついたアンガス大臣は、ウルドと目が合うと、励ますように微笑みを浮かべてくれた。ウルドに立つようにと促しながら、大臣は周りを囲む民たちをぐるりと見渡し、口を開く。

「ウルド陛下がおっしゃったとおり、我々は皆が安心して暮らせる場所を再び作るため、力を尽くしておる。今日の訪問も、そのためだ。皆の声を聞くため、陛下自ら足を運ばれた。会議場も謁見《えっけん》の間も、そびえ立つ城ではなく、できたての集会場の、皆の隣にある。復興はすぐにとは行かぬやもしれぬが、どうか少しの間、信じて堪えてほしい」

街人たちは戸惑ったように囁きを交わす。「でも、竜は」と不安げに呟く声に、ウルドは顔を上げて答えた。

「神秘の森に手を出さない限り、竜は我らの敵にはならない。隣人として、ただそこにいるだけだ。パスメノスも我が国に手出しはできないし、させるつもりもない」

「……もう、怯えなくてもよくなりますか?」

ぽつり、とか細い声が足元から聞こえてきた。問いかけが指すのは戦か病魔か、はたまた竜か死か。いずれにしてもウルドの答えは決まっている。うずくまったままだった老女の手を取りながら、ウルドは覚悟を込めて頷いた。

「約束する。どうか、見ていてほしい」

老女がすすり泣く。怒鳴り声を上げる者は、もういない。暴動の気配が完全になくなったことを悟ってか、野次馬に集まっていた民たちも、ひとり、またひとりとその場を離れていった。

閑散とした通りに残された少年と老女は、うつむいたまま立ち上がる。頭を下げ、その場から離れようとした少年を、ウルドはそっと呼び止めた。

「知っているかもしれないが、俺の名前はウルド。よければ君たちと、君のお兄さんの名前を教えてくれないか」

「……セス。ばあちゃんはメアリ。にいちゃんは、アロール」

「そうか、セス、メアリ。俺は馬鹿な王だが、あなた方の涙と、アロールたちご家族の命に報いられるよう、努力する」

ウルドの言葉を受けても、セスは暗い瞳でウルドを見つめるだけだった。唇をかたく引き結んでいたセスは、やがて瞼《まぶた》を伏せて呟く。

「石を投げて、ごめんなさい」

弱弱しい謝罪を、ウルドはぎこちなく頷いて受け入れた。

去り行く小さな背中を見送りながら、ウルドは考え込むように顎に手を当てる。

「『うまくできる者がやる』、か……」

「陛下？」

気遣わしげに声を掛けてくれるアンガスに「なんでもない」と首を振り、気分を切り替えるようにウルドは笑みを作る。

「前から思っていたけど、ウルドでいい。こんな状況で王も何もあるものか。濡れネズミの間抜けな王と大臣なんて、様にならないだろ？」

「なに、ちょうど水浴びをしたい気分でしたからな。たまにはこういう野性的なのも良いではありませんか、ウルド陛下」

言った端から陛下と呼ばれたウルドは、不満げに眉を上げる。しかし、アンガスは朗らかに笑うばかりだった。

「敬称は使うべきお方に使うものですから」

「……？　アンガス大臣の言い方は、時々回りくどいな」

「そうでしょうか？　ささ、参りましょう。リンドゥー卿は時間にうるさいお方ですからな」

「それはそうだ。自分から申し込んでおいて遅れるなんて、ただでさえ印象が悪いのに最悪すぎる」

慌てるウルドを宥《なだ》めつつ、アンガスは部下にウルドの傷を手当てするよう、さりげなく指示を出す。若き王の汚れた膝を眺《なが》めながら、アンガスは満足げに顎ひげを撫《な》でた。

「……敬《うやま》えないお方の下に、どうして就《つ》くはずがありましょうか」

まっすぐな若者を支えられるのは、年を取った者の特権だ。我が王はいささか鈍くていらっしゃる、とアンガスは頬を緩《ゆる》ませた。

「竜のご友人も、さぞや気を揉まれることでしょうなあ」

暗殺の危険が最も高い寝所を共にする。水を与えて毒を防ぐ。遠出の視察に『偶然』出くわす。どこまでがわがままを装《よそお》った思いやりで、偶然という名のもとの必然であることか。

ウルドの急かす声に手を上げて答えながら、アンガスはそっと苦笑を浮かべた。

第七章

ウルドは国の各地に足を伸ばし、民や領主と言葉を交わすことを繰り返した。一度では分かり合えなくとも、根気強く話し続けることで、人手や支援の問題にも改善の兆《きざ》しが見え始めてきた。

どんな国を目指すべきかと議論を重ねる日々は、簡単ではない。やりがいはあるけれど、その分の疲労もすさまじかった。

肩の凝《こ》る正装を脱ぎ捨てて、ウルドはだらりと寝室の床に座り込む。

「疲れた……」

「おつかれ。ほら見てウルド。木彫《きぼ》りの竜。親方が作ってくれた」

「へえ、かわいいな」

楽しげに鼻歌を歌うサウィンを見ているだけで心が癒やされるのだから、ウルドの疲れ具合は推して知るべしといったものである。

ひとしきり木彫りの像を眺めまわして気が済んだのか、サウィンは窓を開けて伸びをする。夜の生ぬるい風が心地よかった。目を閉じて風を堪能《たんのう》するウルドとは真逆に、サウィンは不満そうに唇を尖らせている。

「人の国ってどうしてこんなに埃っぽいのかな。水浴びしたいなあ」

「川に行くなら昼にしろ。夜に行くには遠いし危ない」

「えー……。あ！　じゃあ、湯浴《ゆあ》みにしよう」

「そんなものはない」

「あるんだな、これが。ウルドがいない間に、温度を調整できるように頑張ったんだよ」

「森の家の話か？」

「そう。温水のかけ流し。すごくない？」

興味はあった。毎日体を拭《ふ》いて清めてはいるが、城がなくなってしまった今、贅沢《ぜいたく》な風呂場など望むべくもない。ウルドの関心を惹《ひ》いたことを察知したのか、人差し指をぴんと立て、得意げにサウィンが笑う。

「飛べばすぐだよ。水場を泳ぐのも楽しいけど、空を泳ぐのも楽しいんだ。夜なら誰も見てないよ。ウルド、試してみたくない？」

「お前の翼で？　飛べるなんて、ずっと教えてくれなかったくせに」

「ウルドがいたときは、飛べるって忘れてたんだよ。一緒に走ってる方が楽しかったから」

「なんだそれ。適当すぎる」

「まあまあ。それで、どうする？　ウルド」

ウルドは自然が好きだ。知らないことを試すのも好きだ。そして、サウィンのことも大好きなのだ。

「……行く」

やるべきことは山積みだし、今はそんなことをしている場合ではない。理性はそう囁いていたけれど、魅力的すぎる提案に、気付けばウルドは頷いていた。


やましい気持ちは誓ってなかった。

ウルドはサウィンが色んな意味で好きだけれど、ところ構わずその気になるほど恥知らずではない。第一、サウィンの裸など子どものころから見慣れているし、身を清めたらすぐに戻るものだとばかり思っていた。

空の散歩はスリルがあったし、童心にかえってサウィンと水遊びを楽しみもしたが、あくまで友人どうしの悪ふざけの範疇《はんちゅう》だ。空気がおかしな方へと傾いたのは、気の緩むまま、ウルドがうっかりと泣き言をこぼしてからのことだった。

数年ぶりに見た土の家は、懐かしくもあったし、寂しくもあった。家の一部に見慣れぬ改造が施《ほどこ》されている一方で、記憶にある装飾がどこかに消えていた。サウィンがひとりでやったのだろう。離れていた年月を思ってしんみりしている最中に、「どうよ?」なんてサウィンが得意げに言うものだから、感傷的な気分に苛立ちが混じって、歯止めが効かなくなった。

一糸《いっし》まとわぬ姿で並んで座り、ウルドは浴槽をついと指でたどる。

「機能はいいけど、お前の仕事は荒いんだよ。穴空いてるだろ」

「ウルドは細かい。素直にすごいって言えばいいのにさあ」

「俺がいたらもっときれいに仕上げてやったのに。……でも、すごいよ、サウィン。見て驚いた。言っておくけど、嘘じゃない」

元々、泳げるほど広い水場だった。すみっこで並んで小さくなっている自分たちを客観的に見ると、かなり滑稽だろう。意味もなく膝を抱えながら、ウルドは湯を手にすくう。ほんのり白い、とろみのある湯は、なぜか草の香りがした。

「緑くさい。なんでだよ」

「草汁しぼっておいた。フレーバーが欲しいかなって」

「わけわからんことをするのをやめろ馬鹿。……あーあ。俺も一緒に作りたかった」

「作ればいいじゃん。やってみたいこと、まだまだあるよ」

「いつになるかな」

「すぐじゃないの?」

「『もうちょっと』かかる」

心にもないことを言ったあとで、内心自嘲する。期限を決めてなどいなかったし、正確な見通しもないというのが本当のところだ。

「サウィン」

「なに」

「何かを変えるって、大変なんだな」

「つらいなら、やめちゃいなよ」

軽く言ってくれる。それができる性格だったら、ウルドはきっと昔からうまくやれていた。

「やめない」

全部投げ出して逃げたとき、きっとウルドがぐっすり眠れる夜は来ない。それが分かるから、逃げられないのだ。そんな面倒くさいことを言うウルドを、サウィンは笑って受け入れた。

「ウルドらしいよ」

「うん」

能天気に笑うサウィンを見ていると、それだけでウルドも笑顔になれる。子どものときからそうだった。湯は気持ちがいいし、懐かしい場所に帰ってきて、ウルドの気は緩みに緩んでいた。

だから、言わなくてもいいことをぽろりと言ってしまった。

「俺、サウィンと一緒にいるときが一番幸せだ」

「えっ？」

「このままずっと、お前とふたりだけでいられたらいいのにな」

サウィンがひゅっと息を呑み込む音がした。どうしたのかと振り向こうとしたその瞬間、ものすごい力で肩を引かれて、抱きしめられた。何事かとウルドが目を白黒させている間に、あっという間に唇を塞《ふさ》がれる。反射的に押しのけようとした手首さえ、邪魔だとばかりに壁に押さえつけられてしまえば、ウルドにできるのはただ口付けを受け止めることだけだ。

「んっ、は……、おい、サウィン、なんだ。いきなり」

性急にも感じられる動作の中で、惜しむようにサウィンが唇を離す。息をつきながら抗議をすれば、サウィンはぴたりとウルドに額を合わせてきた。焦《こ》がれるように目を細めて、サウィンは静かに口を開く。

「……何かな。俺もよく分からないや。なんか、胸がぎゅーっとして」

「ぎゅーってなんだ、ぎゅーって。ただでさえお前、変なやつなのに、今度はキス魔になったのか？」

「キス……」

目を伏せたサウィンが、舌を伸ばしてウルドの唇を舐《な》める。動物が味見をするような仕草はひどく野性的で、すっかり金色に変わっている瞳も相まって、サウィンはまるで別人のように見えた。

「……だけで、止まれるといいんだけど。どうかなあ。そういうつもりじゃなかったんだけど、なんか、すごい、きた」

「それって、どういう――」

ぐるりと視界が回る。湯から引き揚げられた体がすうすうとした。どうやら押し倒されたらしいと分かったときには、熱い舌がぞろりとウルドの首筋を舐め上げていた。

「え、わっ、サウィン？」

「ウルド」

切なげな声がウルドを呼ぶ。熱っぽい目で見つめられて、ウルドは言葉を失った。甘噛みされた首から頬まで、サウィンに触れられている場所がかっと熱くなって、肌が疼《うず》いてたまらない。先ほどまでは気にせずにいられたのに、押し倒された途端に触れ合った肌の体温を意識する。

頭の下に敷かれた手の感触も、ほんのりと弾んだサウィンの息も、唇を交わしたあとに繋がる唾液《だえき》の糸の細さまで、全部が全部、鮮明に感じられた。

すごいことをしている。

夢かもしれない。

こんなこと、あっていいのか。

ぐるぐる巡る思考で目が回る。破裂しそうな気分になって、堪えきれずにウルドはぎゅっと目を閉じた。けれど、肌を這《は》うサウィンの手と舌の感触がより一層はっきりと感じられるだけで、ちっとも頭は冷えてくれない。

胸を吸われて体が跳《は》ねる。ばくばくと鳴る心臓の音が聞こえるのか、サウィンが小さく笑う気配がした。その笑い方が普段と違ってやたらと男くさいものだから、余計に脈が速くなる。どきどきしすぎて死にそうな気分だった。サウィンはウルドを殺すつもりかもしれない。

「ウルドがここにいたら、何を欲しがるかってずっと考えてたんだ」

「え」

ウルドの体のあちこちを舐めかじりながら、サウィンがぼそりと言う。ウルドが薄く目を開けると、サウィンは困ったように微笑んだ。もうその時点でウルドはいっぱいいっぱいだった。

肌を合わせる生々しさに、すっかり体は興奮しきってしまっている。性器は痛いほど張り詰めていたし、触れられてもいないのにだらだらと先走りで濡れている。

「だからウルドがここにいるの、すごく嬉《うれ》しい」

それなのにサウィンがそんなことを言うものだから、ウルドだって嬉しいどころの話ではない。

五年で変わったところは、見た瞬間に分かった。広げられた寝床《ねどこ》の空間。その横に植えられた、小ぶりな雨避《よ》けの木。土造りでも雨に負けないよう、水はけに気を遣った水場の配置。洞穴の中の調理場は、昔ウルドが煙いと文句を言ったときとは違い、空気穴が増えていた。

小さな文句さえ覚えていてくれた。サウィンはウルドのことをずっと忘れず、待っていてくれたのだ。

見て分かることと、その心の内を語られることは、似ているようで違う。視界が潤み、目元から熱いものが滑り落ちていく感触がした。

「えっ、ウルド？　どうしたの。どこか痛いの？　あ、怖かった？　ごめん、泣くほど嫌なら、やめるから――」

わたわたとサウィンが慌てる。身を起こそうとするサウィンの背を、ウルドは両腕でがっちりと抱き込み引き留めた。

「違う、馬鹿サウィン。やめるな」

「だって、泣いてる」

「水だ」

「どう見たって泣いて――」

「俺が水だって言ったら水なんだよ！　お前が変なこと言うから、嬉しくて……、それだけだ」

胸がほわほわとして、勝手に涙が湧き上がってくる。その感覚にうまく名前を付けることはできないけれど、何かを与えてもらったのだという強烈な感覚が、深くウルドを満たしていた。

「やめるなよ。だって……な、慣らすんじゃないのか」

「え？」

「お前が言ったんだろ……！　俺、もっと、してみたい。お前と一緒に、してみたいよ。サウィン。お前が嫌じゃないなら、やめないで」

サウィンがぽかんとウルドを見つめる。顔から火が吹き出そうだった。

「お願いだ。俺、こういうの、何も分からない。だから教えろ、馬鹿サウィン」

馬鹿は自分だ。ここまで言って、サウィンにその気がなかったら、とんだ恥知らずの色狂いだ。

勢いよく顔を上げ、ウルドはサウィンの唇に、触れるだけのキスをした。その瞬間、サウィンの瞳孔《どうこう》がきゅうと細くなる。

「サウィン？　目が――」

「うん。ごめん。興奮して、うまく抑えられない」

「え、あ、そうなのか」

自分だって似たようなものだけれど、興奮していると申告されると気恥ずかしさが勝《まさ》る。

「ゆっくり、こういうこと全部、慣れていってくれたらいいって思ってたけど……ウルドが言ったんだよ。忘れないでね」

蛇のように縦に長い瞳孔を眺める間もなく、息を奪われるような口付けがウルドを襲った。

いつものサウィンとは、触り方が違っていた。慣れぬウルドを導いてくれるのは同じだけれど、サウィンがウルドに触れる手には、己の所有物を触るかのような傲慢《ごうまん》さが滲んでいる。触れる場所や、ウルドの体の高まりはもちろん、ウルドに触れさせる場所すら、サウィンがすべての選択権を握っているように感じた。

ウルドの肌を辿《たど》る手には遠慮というものがなく、ウルドの官能を引き出すことに、一切のためらいがない。どこが良いのか隠そうとするたびに探られて、一層深い快感を与えられた。取り繕《つくろ》おうとしても、サウィンはあの金色の美しい目でウルドを見透かしてしまうのだ。

どぎまぎとしていたことも忘れて、ゆっくりと、ウルドはサウィンにすべてを委《ゆだ》ねていった。

「あ、ァ……んっ」

媚《こ》びるような声が自分のものだとは思いたくなかったし、くちゅりと耳を塞ぎたくなるような音を立てているのが己の体だとは信じたくなかった。

キスには慣れた。応えるだけの余裕ができたし、唾液の味を覚えてしまうくらいには、回数を重ねた。

けれど、こうして体を触られるのは落ち着かない。素肌どうしが触れ合うたびに息が漏れるし、首筋に吐息を感じるたび、腰が重くなる。じわじわと追い詰めるように体を開かれていくのは、恐ろしい反面、嬉しかった。

体中をサウィンの指と舌で撫でられて、ウルドの体は弛緩《しかん》しきっていた。あと一歩強い刺激があれば達せそうなのに、サウィンは肝心のところには触ってくれない。その代わりに、力の抜け切ったウルドの足を広げて、サウィンはウルド自身でも触ったことのないような部位に指を埋《うず》めて、辛抱強くウルドの体を開こうとしていた。

男どうしで繋がるためには後ろを使うというのは知っていた。サウィンと離れ、城に戻っていた五年の間に、好奇心に負けて本で調べたことがある。嘘だろとは思ったけれど、想像すると、燻《くすぶ》るような興奮を感じたことを覚えている。

自分がこっち側になるのかとはちょっと思ったけれど、「やり方、分かる？　俺なら抱き方、教えられるよ。俺はウルドを甘やかしたい」とサウィンに言われて、ころりと落ちた。どのみち大きなこだわりはない。ウルドはただ、サウィンと触れ合いたいだけなのだから。

「俺も、したい。サウィン……もう、はなして」

ウルドだってサウィンに触りたい。気持ちよくなってほしいし、サウィンを知りたい。けれど、サウィンはそれを許してくれなかった。

「あとでね。ウルドが慣れて、全部分かってきたら、試せばいいよ」

へそに口付けられて、びっくりして体が跳ねた。なんでこいつはこんなに余裕で色々できるのだろう。ひとりで死にそうな気分になっているウルドが馬鹿みたいではないか。ウルドの心情などお見通しなのか、はたまたいつもの気まぐれなのか、サウィンは上機嫌にゆるりと笑う。

「俺にいっぱい触らせて。かわいい顔をもっと見せてよ。ウルドが帰ってこなかった間、どんな風に変わったのか、全部見せて、確かめさせて」

「ん、う……っ、なんで、なんか、こわいよ、お前……」

「ごめんね」

声こそ優しいけれど、サウィンは優しくない。

広げられた足は閉じられないようにサウィンの体で押さえられているし、焦《じ》らされすぎてしとどに濡れたものを舐められたときなど、それだけであっけなく達してしまいそうだった。多分おそらく絶対に初心者ではないサウィンが、初心者のウルド相手にあんまりではなかろうか。普段の馬鹿っぽい態度はどこにいってしまったのか、ウルドばかりが翻弄《ほんろう》されている気がする。

「……お前、何歳なんだ」

「んー？　いくつに見える？」

答える気のない返事にいらっとしたのも束《つか》の間《ま》のこと。二本に増やされた指で中を抉《えぐ》られ、声を上げて悶絶《もんぜつ》する。

「あ、うっ、あァあ！」

「もう少し奥に入るかなー？　ウルドの気持ちいいところ、たくさん撫でようね。いきんで、息止めないで。……そう。上手だね、ウルド」

引きつるような痛みを感じていたはずなのに、サウィンに言われるがまま力を入れたり抜いたりしているうちに、気持ちいいことしか分からなくなった。内股を吸われる痛みにさえ悦《よろこ》びを感じて、ひくりとサウィンの指を締め付けてしまう。

ぬるま湯につかるような、全身を溶かすような感覚が気持ち良くて怖い。こんなものを教え込まれたら、後戻りできなくなりそうだった。逃げたくなるほど丁寧に、けれど隠しきれない強引さを滲ませて、ウルドに触れてくるサウィンが怖い。

それなのに、ウルドの形だけの抵抗を優しく暴いてくれることが、嬉しくてたまらなかった。

「かわいいね、ウルド。きれいだよ」

「ば、っか、いえ……っ」

ちくり、ちくりとサウィンが肌を吸うたび、胸に、首に、足に、ウルドの全身に赤い跡が増えていく。

ウルドを愛してくれる人なんて誰もいなかった。

サウィンだって、ウルドを家族だと言ったくせに一度は突き放した。

信じて裏切られるのが怖い。

捨てられるのが怖い。

だから心のうちの、最後の一片だけは明け渡すまいと思うのに、溺《おぼ》れそうなほどの快楽で、頭が馬鹿になっていくのが恐ろしい。

「こわい」とうわ言のように呟くと、サウィンが薄く笑う。瞳がいつもと違うせいだろうか、普段どおりの優しい笑顔のはずなのに、普段は見えにくい傲慢さが際立って感じられる。

「怖くても、大丈夫。俺がいるよ。俺を覚えて、慣れていってね。ウルド」

「ひ、あ」

「他の誰にも触らせないで。したくなったら、俺にやらせて。全部教えてあげるから」

耳元で囁かれる言葉の甘やかさに、びくびくと体が震えた。

サウィンの指が動くたび、腰が抜けそうになる場所がある。そこに触れられると、見ずとも分かるくらい、性器がたらりと先走りをこぼすのだ。未知の感覚が怖いのに、気持ちがよくて、もっとねだりたくなってしまう。

だらしのない声を聞かれるのが恥ずかしくて、せめて声だけでも殺せないかと口を塞ぐが、腕を噛んだ瞬間、咎《とが》めるように手首を掴まれ剝《は》がされた。

「噛んだらダメだよ、ウルド」

「こえ、声、が……ぁ、いやだっ」

「声が出ちゃうの、嫌？　かわいいのに。じゃあ、ちゅーしてようか」

誰だこいつはと思うほど、甘ったるい声でサウィンが囁く。サウィンが体を寄せてくると、むき出しの肌がぴたりと重なった。体に当たるもののせいで、サウィンも興奮しているのだと分かってしまって、嬉しいやら恥ずかしいやらでいたたまれない。

そんな決まりの悪さも、舌を絡められた途端にどうでもよくなった。サウィンのキスは優しくて、されるとそれしか考えられなくなる。うっとりと口の中の感覚を追っていたそのとき、不意にぐいと足を抱え上げられた。指を抜かれ、体を離されると、なんとなく心細くて不安になる。サウィンを見上げると、困ったような苦笑が返ってきた。

「そんな顔されると、抱きたくなっちゃうなあ」

「……しないのか。お前のそれ、入れればいいだろ」

そろりと手を伸ばし、形を変えているサウィンのものを握り込む。ウルドは死にそうな気分で勇気を振り絞っているというのに、人の気も知らないサウィンは、あっさりと首を横に振った。

「痛くしたくない。ウルドが慣れて、ここがもう少し拡《ひろ》がってからなら、できるかもしれないけど」

そう言ってサウィンは、先ほどまで散々いじり回した穴に触れる。指先だけを咥《くわ》え込まされると、そこがひくついているのが自分でも分かって、頬が一気に熱くなった。

「また今度ね」

あっけなく指を抜かれて、ウルドはふるりと体を震わせる。そのまま遠ざかっていこうとしたサウィンの腕を、ウルドは摑んで引き留めた。

「……お前がしてくれるなら、痛くたって、俺は……」

顔を見ることもできずにぼそりと呟くと、ぴたりとサウィンは動きを止めた。

その反応に、にわかに焦りが湧いてくる。ウルドを気遣ってくれるような言葉だったけれど、本当はサウィンがしたくなかっただけなのかもしれない。それならこんなこと、言うべきじゃなかった。

それならせめてと、ウルドはサウィンのものに手を回し、ゆるりと上下に擦《こす》り始める。けれど幾許《いくばく》もしないうちに、深いため息が降ってきて、手に手を重ねて止められた。

「……よくない。執着は、よくない……でも、もう、無理だ」

「サウィン?」

聞いたこともないような低い声で何事か呟くサウィンは、片手で顔を隠したかと思えば、天を仰《あお》ぎ、歯を食いしばっている。

「大丈夫か、お前。どうかしたのか」

「なんでも、ない、よ」

ふー、とサウィンはもう一度深く息をつく。サウィンの息は荒かった。ようやく手を外したサウィンの目は妙にギラギラとしていて、見下ろされた瞬間、ぞくりとした。

「俺も……少し、つらいかも」

「え、あ、そうだよな、俺ばっかり」

サウィンに触られるのが嬉しくて、ウルドばかりが気持ち良くなってしまった。今度はサウィンの番だろう。自分の手でサウィンが乱れてくれたらと思うと、先ほどまでとは別の種類の高揚があった。

そうと決まれば、とサウィンの下から這い出ようとした瞬間、強い力で肩を押さえつけられる。

「……っ？　サウィン？　今度は、俺が――」

「ウルド」

掠れた声で名前を呼ばれて、それだけでウルドは動けなくなった。足を持ち上げられたかと思えば、折りたたまれた膝を抱え込ませるように、サウィンがウルドの上にぐっとのしかかってくる。尻にひたりと触れるものの熱さに、かあっと顔が熱を持った気がした。

「あ、えっと……するのか？」

「入れないよ。でも、ふたりで別のこと、ちょっとだけしてみよう」

いたずらっぽく唇の端をつり上げて、サウィンは腰を進めてくる。ぬるりと足の付け根に熱いものがすりつけられて、ウルドは眉をひそめた。何をするのだろうかと見ていると、ウルドの太《ふと》腿《もも》の間に挟むように、サウィンのものが押し込まれる。ふたり分の反り立ったものが、ぴたりと擦れ合い、ウルドは思わず声を上げた。

「う、わっ」

「これなら、痛くないでしょ？」

痛くはないけれど、痛いほうがいくらかよかったのではないかと思うくらい、見た目の刺激が強かった。互いのものが擦れ合う感触も、腿の間を出入りする赤黒いものの固さもはっきり分かる。止めたいのか触りたいのかも分からないまま、ウルドは己とサウィンのものを押さえるように手を伸ばしていた。

ふ、とサウィンが笑う。ウルドを苛《さいな》んでいたときの艶《つや》のある顔と、いつもどおりの無邪気な顔を合わせたような、男くさい笑い方。

これでいいのだろうか。どぎまぎとしながら、ふたり分の性器をまとめて自分の腹に押しつけるように手を被《かぶ》せる。

「あ……っ？」

「ん、気持ち、いいね」

サウィンが腰を動かすと、ぐち、と濡れた音がする。何の音かと考えて、散々焦らされ、しとどに濡れた己のもののせいだと思い当たって死にたくなった。

サウィンが動くたびに腰が触れ、肌がぶつかる音がする。ウルドの真上で、サウィンが切なげに息を吐き、ギラついた目でウルドを見つめている。性器を押さえる手とは別の手で、そっとサウィンの髪に触れれば、ウルドの意図を汲《く》み取ったサウィンが口付けてくれた。

「んっ、ふうっ、う……！」

絡めた舌からも、合わさった性器からも、ぐちぐちと耳を塞ぎたくなるようないやらしい音がする。揺さぶられ、先端が擦れ合うとたまらなく良くて、もどかしいのに気持ちがいい。

「ウルド、かわいい」

「う、あっ、サウィン、きもちいい……っ」

こんなもの、入れているのと何が違うのか。拡げられただけで使われなかった穴が、物欲しげにひくつくのが分かる。肌を打ち付ける音がだんだんと速まっていく。ぎゅっと互いに強く抱き締めながら、ほとんど同時にウルドとサウィンは達していた。

「――っ！」

声も出ない。体を余韻《よいん》に震わせながら、絶頂の波が引くまで、ウルドは呆然と空を見上げていた。

頭が真っ白になるほど気持ちが良くて、幸せだった。腹の上にはふたり分の白濁《はくだく》が溜《た》まっているし、湯浴みをした意味がないほど汗だくになったけれど、べたべたとした肌の感触さえ、悪くないと思ってしまう。

すごいことをしてしまった。

「気持ちよかったね、ウルド。……え、ウルドっ？」

「だめだ、寝る……」

連日の激務で疲れ果てていた心身には、あまりにも過ぎた刺激だった。

「えええ……仕方ないなあ」といつか聞いたようなことを言うサウィンの声を聞きながら、ウルドは夢見るような気持ちで意識を手放した。

＊　＊　＊

何かが絶対に間違っている。友人どうしは、あんな風にすごいことはしない。執務室でうなだれながら、ぐるぐるとウルドは頭を悩ませる。

（いや、キスをしだしたときから、おかしかったんだ）

けれど、キスは百歩譲って仲の良すぎる友人で通るにしても、裸で抱き合うのはもはや言い訳できない。

あの夜、己が口走ったことやら聞くに堪《た》えない声やらを思い出すだけで、ウルドは羞恥《しゅうち》のあまり死にそうだった。一方で、見たこともないほど興奮しきったサウィンの表情や、まるでウルドを求めてくれているかのような素振りを思い出すと、今度は期待と不安で死にそうになる。

（よくない）

何が良くないって、ウルドとサウィンは、森に出かけたあの夜の後も、繰り返し夜ごとに触れ合っているのだ。ただれている。

言い訳をするなら、ウルドは拒絶しようとした。けれど寝床をともにしているせいで、すぐにおかしな雰囲気になってしまうのだ。流され続けているとも言えるし、据《す》え膳《ぜん》を食っているだけとも言う。

（こんなこと、やめないと）

快楽に負けているかのような言動はサウィンに対して不誠実であるし、ウルド自身の心の健康にもよくない。分かっているけれど、今が良いならそれでいいじゃないかと、ウルドは己をごまかし続けていた。変に心のうちを打ち明けて気まずくなるくらいなら、遊び半分で触れ合っている現状の方がまだマシだ。

——というのは言い訳で、単に勇気がないだけだ。

サウィンのことがそういう意味で好きなのだと、いまだにウルドはサウィンに伝えることができずにいた。

幼いころから知っていて、家族だとさえ思っていた存在に、どうして言うことができるだろう。

五年も離れていたというのに、それでも忘れられないくらい、ウルドはサウィンが好きなのだ。

多分。

（言ったところで「え？　俺も好きだよ？」って、どうせ伝わらないか、「俺、別にそんなつもりじゃなかったんだけど」とでも言われるに決まってる）

だって、ウルドを愛してくれるものなどいるわけがない。

昔から何度も己に言い聞かせたことだ。

そう思っておけば、誰に裏切られても、見捨てられても、傷つかずにいられる。

五年前、サウィンに「帰れば？」と言われたときと同じ絶望を、二度耐える自信はウルドにはなかった。通じ合っていると思っていたのに、そう思っていたのは自分だけだと思い知ったときの、あの恥ずかしさと死にたくなるようなみじめさ。気分屋でおおざっぱなサウィンには、繊細《せんさい》なウルドの心の機微《きび》など分かるまい。サウィンが首筋に残してくれた跡ひとつで、どれだけウルドが浮かれているのかなんて、きっと知りもしないのだ。

最近はもう、昼にサウィンと一緒にいるとき、どんな顔をすればいいのか分からなくなってきた。ひとりで冷静になる時間が欲しくて、昼も夜も仕事を詰め込むようにしているくらいだ。

（別に、避けてるわけじゃない）

「ああ、いたいた、ウルド」

「うわあああ！」

考えていた張本人の声が窓から飛びこんでくるものだから、ウルドは飛び跳ねるように立ち上がった。

「うわって何さ」

「いやなんでもない。忙しい忙しい！　大臣と打ち合わせがあったんだ。またあとでな、サウィン」

膝を机にぶつけながら、ウルドは心にもないことを早口に言いつのる。嘘はついていない。話したいことがあるとたしかにアンガス大臣は言っていた。急ぎではないとも言っていたけれども。

サウィンの顔も見ないまま、ウルドは逃げるように部屋を出た。

己の心に振り回されていたウルドはすっかり忘れていた。サウィンがこうと決めたら絶対にやり遂げる頑固なやつだということも、――サウィンが人間ではないということも。

「ふうん」

それはそれは不機嫌そうにふくれたサウィンは、音もなく部屋を出る。その足は、ウルドが辿って行った道を正確になぞっていた。

＊　＊　＊

ウルドの部屋と同じか、それより粗末な部屋の前に立ち、扉を叩《たた》く。先触れも出さずに部屋を訪ねるのもどうかと思ったが、生憎《あいにく》そんな業務に回せる人材は残っていない。そもそも、毎日のように顔を合わせる協力者たちの部屋を訪ねるのなどよくあることで、すっかり慣れ切ってしまっていた。

以前のウルドは周囲の人々と深く関わってこなかったし、そもそも役職に就くものすべてが敵だと思っていた。案外そうでもないらしいと気づいたのは、サウィンが城と戦場を物理的に消してからのことだ。

サウィンの存在があるせいで、周りの者はウルドを消せなくなった。舐め切っていた若き王を、これまでのように見下したままではいられなくなったのだ。

ひとり欠けるだけで復興の手が回らなくなるような極限状態に追い込まれて初めて、ウルドはまともに彼らと交流するようになった。意見を聞き、教えを請うこともあれば、逆にウルドが知識を提供することもあった。必要に追われてのことではあったけれど、信頼する者と仕事を分け合えば、いくら王が無能だろうと国は回る。そのことを、ようやくウルドは理解しつつあった。

（サウィンがいたから）

もっとも、周囲との関係が改善した今は、当のその男との関わり方に悩んでいるというのだから、うまく生きるのは難しいものである。

アンガスは、快くウルドを部屋へと迎え入れてくれた。

「ご機嫌麗《うるわ》しゅう、陛下」と取って付けたような挨拶《あいさつ》を受け、ウルドは反射的に眉をひそめる。

「堅苦しいのはいらないし、ウルドと呼んで欲しいといつも言っているだろう」

「ご勘弁を。竜をご友人にもつ方を名で呼んでは、どんな災厄があるか分かったものではありませんからな」

「あいつはそんな怖いやつじゃない」

「どうでしょう。すでに一度、国を壊されかけておりますが」

それを言われると返す言葉もない。サウィン本人の気質に害がなくとも、その力が恐ろしいのは事実である。

「伝承によると、竜の執着は恐ろしいと聞きますよ。宝を見つけると巣の奥にしまい込み、他者が目にすることさえ許さないとか。その気質を恐れた女神《めがみ》様が、外で宝を見つけぬように神秘の森を作ったという言い伝えさえあるほどなのですから」

「作り話だろう」

「ところがどうして、言い伝えというのは馬鹿にできないものですよ」

陛下もご用心を、とアンガスは表面上だけは朗らかに笑う。冗談めかしてはいるが、目が笑っていないことからして、真剣な忠告であることは明らかだった。

「……なぜ俺があいつに用心する必要があるんだ」

「なに、どうもウルド陛下は誤解されやすい気質であられるようですから。若者の友情にヒビが入っては気の毒です。年寄りのお節介ではありましょうが、時には飾らず素直に伝えることも大切ですよ。陛下が我々に歩み寄ってくださったから、私たちとて今こうして協力し合うことができておるでしょう。友情も同じです」

微笑ましいものでも見るような目がくすぐったい。なりふり構わず周囲と話すようにした結果、ようやく復興が進み始めたのは事実だ。伝えることが大切だと言われれば、そのとおりではあるのだろう。

「……心に留めておく」

目を逸らしたあとで、ウルドは咳ばらいをして本題を切り出した。

「話したいことがあると朝言っていただろう。聞かせてくれないか」

「おや、そのことでしたか。わざわざご足労《そくろう》いただくまでもありませんでしたのに」

「気になったんだ。会議で話さなかったということは、俺ひとりで聞く方が都合がいいんだろう？」

「ええ、まあ」

眉尻を下げて、「あくまでひとつの提案ですが」とアンガスは切り出す。

「国を立て直すには、他国の支援を受ける手段もございますよ、と。念のため申し上げようと思っておりました。幸か不幸か、陛下は男盛りの美丈夫の上、まだ妻を娶《めと》られておりませんゆえ」

「……婚姻《こんいん》か」

ひとつの手段ではある。金も人手も物資も足りない今、外からそれらを受け入れることができれば復興は進みやすくなる。もっとも、戦と災害でぼろぼろになった国の、ろくに王族としての教育も受けてこなかった出来損ないに嫁《とつ》ぎたがる者がいるとは思えないけれど。ウルドの表情を読み取ったのか、アンガスは声を落として補足する。

「友好国に伝手《つて》があります。姫を迎えるおつもりがあるようでしたら、渡りをつけますよ。私をはじめとして、今残っている者の多くは陛下の理念に共感しておりますが、残念ながら我が国は一枚岩ではございません。そういう手段もあるのだと、どうか、お心に留めていただけますよう」

「ありがとう。……考えておく」

振る舞われた茶の礼をアンガスに告げて、ウルドはひとり、執務室へと引き返す。すっかり暗くなった外を眺めていると、森の夜が恋しくなった。ここでは虫の声ひとつ聞こえない。サウィンもきっと、森が恋しいのではないだろうか。

森で暮らしていたサウィンを、いつまで経《た》っても帰らせてやれないことを情けなく思う。国を建て直し、後釜《あとがま》を選定し、ついでにサウィンとのおかしな関係も正したい。全部が全部、うまくいく方法はないものだろうか。

手慰《てなぐさ》みに執務をこなすうち、気づけばずいぶんと時間が経っていた。

そろりそろりと足音に気を遣いながら、ウルドは寝室に忍び込む。自分の部屋に忍び込むも何もないが、日暮れよりも夜明けの方が近いような時間にサウィンを起こしたくはなかったのだ。

「おかえり、ウルド」

「ひ」

扉を閉めた途端に聞こえてきた声に、ウルドはびくりと背中を揺《ゆ》らす。てっきり眠っていると思ったサウィンは、部屋の隅で静かに座り込んでいた。

「驚かせるなよ」

「なんで俺に驚くのさ。やましいことでもしてきたの？」

「馬鹿言え。仕事だって」

別にやましくはないが、顔を合わせにくいというだけで、仕事を詰め込んでいた負い目はあった。ぎくりとしながら、表面上はいつもどおりを取り繕う。

「街もだいぶ復興してきただろ？　まだ支援が必要な場所は多いけど、そろそろ国の制度をどうにかしていこうって大臣たちと話して――」

「へえ。嫁取りで制度が変わるの？」

最後まで言わせてもらえなかった。聞いたこともないほど冷めたサウィンの声に、背筋《せすじ》に嫌な汗がつたっていく。堅苦しい衣装を脱ぎかけたまま、ウルドは振り向くこともできずに立ち尽くした。

「人間の国も、ずいぶんと俺が知っているものとは変わったんだね」

「なんで」

足音なんてしなかったのに、いつの間にかサウィンはウルドの真後ろにいた。距離を取ろうとしたけれど、顔の横に手をつかれ、逃がさないとばかりに囲いこまれる。

「なんで知ってるか？　俺、竜族だって言ったじゃん。耳も目も鼻も、人間よりずっといいんだよ。こんな小さな建物の中、聞こうと思えば何でも聞こえる。もう忘れちゃった？」

さらりと肩に金色の髪が滑り落ちてくる。髪自体が薄く発光しているような、不思議な色。冴《さ》えない木の色とは違う、サウィンの本当の髪の色だ。合わせるように、見慣れた指が、細く長く形を変えていく。どちらも一度だけ、サウィンが竜から姿を変えた直後に見たことがある。

それはいいが、どうして、今。姿を取り繕えないほど、サウィンは何をそんなにも怒っているのだろう。

ぴしりとおかしな音がした。見れば、サウィンが手をついている場所を中心に、壁にはヒビが入っていた。ますますウルドの血の気が引いていく。

「なんで何も言わないの。知られちゃまずいことだった？　だから最近、俺を避けてた？　嫁が欲しいから？」

「違う！」

「俺、嘘をつかれるのは嫌いだよ」

「嘘なんてついてない」

サウィンと喧嘩《けんか》をしたことなんて何度もある。言い合いなんてかわいいもので、殴《なぐ》り合いになることだって、子どものころはしょっちゅうだった。けれど、背中から感じる怒気と、サウィンではないかのような威圧感が、ウルドを萎縮《いしゅく》させて、うまく声が出せない。

「ねえ」

何もされていないのに息が苦しかった。指先がどんどんと冷たくなっていく。

「俺を見てよ、ウルド」

体が竦んで動けない。声も出せずに固まっていると、背後から伸びてきた手が、ウルドの顎を掴み、ぐいと上向かせた。見えた姿に、ウルドはひゅっと息を呑む。

人間じゃないとひと目で分かる、金色の蛇目。そばかすどころか、粗《あら》ひとつ見えない、作り物染みた肌。見ているだけで怖くなるほど美しい、見知らぬ男がそこにいた。

「あ……」

ウルドの知るサウィンは、見るとほっとするそばかす顔の、能天気な男だ。けれど今ウルドの背後にいるのは、親しみなんてかけらも感じない、冷たい美貌《びぼう》を持った人外の青年だった。怖いのに、目が離せない。魂《たましい》を抜かれたように硬直するウルドを見て、サウィンは嘲《あざけ》るように笑った。

膝の下に腕を回し、布でも拾うみたいに軽々と、サウィンはウルドを腕の中に抱き上げる。そのまま寝床に連れ込まれても、ウルドは何を言えばいいのかも分からないまま硬直していた。

「こっちの顔の方が好き？　人間はいつもそうだ。ウルドが好きなら、もっと早くこうしておけばよかったなあ」

口付けられても、いつもの心地よさなんてかけらも感じなかった。ただただ怖くて、息だけが上がっていく。別人としか思えない姿がサウィンと結びつかなくて、肌をまさぐられても、恐怖しか感じなかった。

「どうしたの？　今日は静かだね。気持ちのいいこと、好きでしょう？」

「……はなせ」

「離さない」

「いやだ……！」

「どうして？　君が言ったんだ、ウルド。教えてくれって」

一糸まとわぬ姿にさせられたって、怖い以外の何も感じなかった。金色の髪が揺れるたび、幼いころにきょうだいに刻み付けられた恐怖を思い出す。

（イアリ兄上たちと同じ髪の色。怖い。こわい。こわい……！）

腹へと伸ばされる手に、いつか兄たちに殺されかけたときの光景が重なって見えた。

「嫌だ……！」

「今さら遅いよ。ウルドの家族は俺だろう？　他の家族なんていらないよね？　誰にもやらない。帰らせるんじゃなかった。ずっと巣に隠しておけばよかったなあ。ウルドの言ったとおりだ。ずっとふたりでいられたら良かったね」

「ひ……っ」

抵抗しても、子どものようにねじ伏せられる。ウルドが力でサウィンに敵《かな》うはずがない。サウィンなのに、サウィンじゃない。

怖くてどうしようもない。ウルドはほとんど恐慌《きょうこう》状態だった。ただこの場から逃げたくて、これ以上折檻《せっかん》されたくなくて、怖い思いをしたくなかった。

「……けて」

「なあに」

子どものころは、ただ暴力が過ぎ去るのを耐えるしかなかった。信じられる他人なんて誰もいなかったからだ。

今は違う。どれだけ言い争ったって嫌えない、たとえ何年も離れていたって変わらない、何より大事な存在がそばにいる。一緒にいるだけで笑顔になれる底抜けの馬鹿なのに、いつだってウルドの欲しいものを与えてくれる。

「たすけて、サウィン……」

声にならない声で弱音を吐いた途端、ウルドの体をまさぐっていた手がぴたりと止まった。

視界が潤む。涙が滑り落ちていく。過去の記憶が入り混じって、自分がどこにいるのかも、のしかかっているのが誰なのかすら、ウルドには分からなくなっていた。

サウィンはどこにいるのだろう。ウルドにとうとう愛想《あいそ》をつかしてしまったのだろうか。知らぬ男に体を暴かれることより、暴力を振るわれることより、それが何より恐ろしかった。

恐怖で息の仕方が分からなくなる。

アンガスの言うとおりだ。後悔するくらいなら、伝えておけばよかった。あれこれ心配せずに、ぶつけてみればよかったのだ。

「お前が、好きなのに」

「え」

止まらぬ涙がうっとうしくて、目の前の光景を拒絶するようにウルドは強く目を閉じる。

「それ、どういう……ウルド？」

「サウィン、サウィン……」

「俺、ここにいるよ？」

たしかにサウィンの声だ。けれど、ウルドを抱き起こす手の感触が違う。体格もこんなに大きくはないし、髪だって土木作業しやすい短髪のはずだ。

「ひ……っ、う、……っ、サウィンじゃない！　お前は、違う……っ、くるな、さわるな！」

「えええ……、あっちが皮で、こっちが一応本体なんだけどな……」

本格的に涙腺《るいせん》がおかしくなってきた。詰めに詰めた仕事と、サウィンとのよからぬ遊びのせいで、そういえば連日寝不足だった。疲れていたのかもしれない。息がひきつり、空気が取り込めない。

「ああもう、分かった。分かったから。泣かないで、ウルド。やきもち焼いただけなんだ。ひどいことして、ごめん。ほら、吸って、吐いて……」

困り果てたようにキスをされ、咄嗟《とっさ》に突き離そうとして、香るにおいに手を止める。土と木のにおい。ウルドと同じ大きさの手は、しかしウルドより、ほんの少しだけくれだっている。宥めるように抱きかかえられ、背を撫でられていると、ようやく息が整ってくる。

けほ、と咳をして、おそるおそる目を開ける。

そこにはウルドの知っているサウィンがいた。茶色の髪の、そばかす顔。眉毛はすっかりハの字になって、情けないとしか言いようのない顔をしている。ほっとして、ウルドはサウィンに抱き着いた。

何も言わないまま、ただウルドは強くサウィンにしがみつく。

「えーっと……」

「お前、怖い」

「それは、ごめん。なんか、抑えられなくて」

「馬鹿力だって自覚しろ。馬鹿サウィン」

「えー……、ウルドだって、泣き落としはずるいでしょ」

「いきなり別人になるからだろうが」

「人型は元々あっちだよ」

「知るか。竜族だか森の民だか知らないけど、俺の知ってるサウィンはお前なんだよ」

「外がなんでも中身は俺なのに」

抱き合ったまま、顔も見ずに言葉を交わす。面と向かって話すのが怖いなら、はじめからこうしていればよかった。

「だいたい、やきもちってなんだよ」

「そっちこそ、好きってなにさ」

聞かなかったことにはしてくれないらしい。首を固める腕に力を込めて、やけくそのようにウルドは言う。

「俺はお前が好きなんだよ、馬鹿サウィン！」

どうとでもなれ。死刑宣告を待つような心持ちだったのに、事もあろうにサウィンは「知ってるけど？」とごくごく軽く応じた。

「俺もウルドが好きだよ」

「お前絶対分かってないだろ。言っておくけど、やらしいこともしたいし、お前が別の誰かとそういうことをするのも嫌だし、ずっと一緒にいたいって、そういう好きだからな」

「俺のことなんだと思ってるの？　あれだけ好き好きオーラ出されてたらそりゃ分かるよ。でも、いきなり恋人にでもなったら、ウルド、逃げちゃうでしょ。ウルドは恥ずかしがり屋だから、ゆっくり馴《な》らそうねって、だから言ったのに」

「な、な……っ」

呆《あき》れたといわんばかりにため息をつかれて、ウルドは言葉を失った。普段どおりを装っていたつもりが、そんなにもあからさまだったのかと自分に失望する。頬に上っていく熱をごまかすように、ウルドはぎゅうとサウィンの背中をつねり上げた。

「そんなこと言って、お前、五年前、俺を追い出したじゃないか！　あれは何だよ！」

「だから、追い出してなんてないってば。ウルドが勝手に誤解したんでしょ」

「お前が変なことするようになったのだって、俺がお前にキスしてからじゃないか。楽しそうっていつもみたいに思っただけじゃないのか。好きもなにも絶対ないだろ！」

「ウルドがキスしてくれたから気づいたんだよ。ああ俺、ウルドとこういうことがずっとしたかったんだなって。分かんなかっただけで、俺、君がずっと好きだったよ、多分」

「適当言うな。馬鹿サウィン！」

「適当じゃないよ！　そばにいないともやもやするし、目の届くところにいないと落ち着かない。俺はウルドのこと、守りたいし、甘やかしたいし、巣に閉じ込めておきたいし、一緒に遊びたいし、ぐちゃぐちゃのどろどろに抱きたいの。本当はこんな国、とっとと潰《つぶ》してウルドを連れて行きたいけど、ウルドが嫌がるって分かってるから我慢してるの。やきもち焼いたって言ったじゃん」

「この野郎」

自分だけの気持ちだと思っていたのに、サウィンも同じ想《おも》いでいてくれた。何やらすごいことまで言われている。けれど、喜びよりもまず先に、自分は悪くないとばかりに頬をふくらませている男に対して怒りがふつふつ湧いてきた。ぎゃあぎゃあと騒ぎながら、ほとんど殴りかかるようにして取っ組み合う。

「悩んでた俺の時間はなんだったんだよ！」

「だって、かわいいんだもん！　番《つがい》が自分のことでいっぱいいっぱいになってるところ、見たくないやつがいる？　いたらそいつは竜じゃないね！」

「いつ俺がお前の番《つがい》になったんだよ！　この自己中！　馬鹿！　どうせ遊びだって思うに決まってるだろ！」

「バカバカいうけど、俺、ウルドよりうんと年上なんだよ。遊ぶつもりならもっと遊びやすい相手を選ぶし、そもそもそういう遊びをするほど欲がないの！」

「嘘つけ。毎晩毎晩あの手この手で襲ってきたくせに！」

「かわいいウルドが見たかったんだよ！　がっついてごめんね！」

ぎゅうと強く抱き込まれて、心臓がどきりと跳ねた。ぶつけたことで怒りはしぼみ、残ったのは、罪悪感にも似た恥ずかしさだけだった。

「……抱いてくれなかったくせに」

「初めてが痛かったら、かわいそうでしょ。俺はずうっと長くウルドを愛したいの。気持ちいいことに弱いちょろウルドには、気持ちいいことだけ知っててほしいんだよ」

「一言余計なんだよ」

どちらともなくそろりと腕を緩めて、真正面から顔を見る。サウィンは拗《す》ねきった顔をしていた。喧嘩をした後、ぶすくれていた昔と同じ顔だった。きっとウルドも同じ顔をしているはずだ。

泣いたせいで目は腫《は》れているだろうし、サウィンよりも余程《よほど》ひどい顔になっているかもしれない。

「だいたいお前、勘違いしてる。大臣はたしかに縁談をする手もあるって言ってたけど、俺たち、王制をなくす方向に動いてるんだ。厳しい道になるから、こういう方法もあるって一応教えてくれただけだよ。聞くなら文脈も状況も全部知ってから聞けよ、この馬鹿」

「え、そうなの？　じゃあウルド、お嫁さんはもらわない？」

「もらわない。やることはたくさんあるし、もう少し時間もかかるだろうけど……疫病が流行っても、災害が起きても、崩れない国を作りたいんだ」

口に出すのは勇気が必要だった。己のような才覚のない者が国を変えたいだなんて、おこがましいと分かっているし、それを望む民がどれだけいるのかも分からない。けれど、ウルドはそれをやるべきだと思ったし、ウルドが関わるようになった人々もまた、同じ目標に向かって協力してくれている。

そのことをサウィンには聞いて欲しいと思ったから、ウルドは懸命に話し続けた。

「王じゃなくて、貴族でもなくて、優れた代表者が国を治めるんだ。みんなで選んでそいつが治める。そいつが間違えそうになったら、また別の代表を選ぶ。そういう方式の国だって、世界にはあるんだ。本で見ただけだから、はじめはうまくいかないかもしれないけど、それでもやってみたい」

「なんだ、そうだったんだ。いいんじゃない？　はじめからうまくいくことなんて何もないよ。ウルドがそうしたいなら、やってみたらいい」

サウィンはいつだって、ウルドの欲しい言葉をくれる。

にこにこ笑って、やってみようと勇気づけてくれる。

「……俺、お前のそういうところが好きなんだ」

「いきなり素直だね」

「茶化《ちゃか》すな。昔さ、俺、お前と会うまでレンガなんて作ったこと、本当はなかった。本で読んだだけのこと、知ったかぶりであれこれ言ったけど、うまくいくかどうか分からなかったんだよ。ごめん」

この際だからと幼いころの過《あやま》ちを謝罪する。サウィンは小さく首を横に振った。

「でも、できたじゃん。ああじゃないこうじゃないって色々やってさ、完成したときには嬉しかったなあ」

「俺も、すごく楽しかった。お前、失敗しても何も言わなかっただろ。次はこうしよっかってい つも楽しそうでさ、俺まで楽しくなれた。サウィンがいてくれたから、できたんだ。今だって、お前が戦を止めて、俺を生かしてくれたから、じゃあ次はどうしようかって考える機会をもらえた。だから、何て言えばいいのかな……ふさわしい人がふさわしい場所で、色々試せるようにしたいんだ。俺みたいな、きょうだいにのけ者にされるような子どもも、国に戦をもたらす愚王も生まれずに済む仕組みを作りたい。そうしたら、俺はまた、ただの『ウルド』に戻って、お前とずっと森で暮らせるようになる」

竜族ってどういう生き物なのかとか、どれくらい生きる種族なんだとか、『ずっと』がどれくらいになるかだとか、分からないことはたくさんあった。けれど今だけは全部横に置いて、ウルドはただ、幼なじみの『サウィン』に語り掛ける。

「サウィンが好きだよ。大好きだ。大事な友だちで、俺の、たったひとりの本当の家族だ。待たせてごめん。慣れない街にいさせてごめん。でも、お前が隣にいてくれると、すごく幸せなんだ。あとどれくらいって言えないけど、もう少しだけ、待っててほしい」

言い終わると同時に、唇を塞がれた。触れ合うだけの口付けのあとで、「大丈夫」とサウィンが優しく笑う。

「一生懸命なウルドが好きだよ。でもウルドはきらきらしてるから、ずっと俺のことだけ見てほしくなっちゃうんだ。意地悪してごめん」

「……うん」

「いつまでだって待つから、できるだけ早く終わらせてね」

「うん」

「そうしたら、一緒に家に帰ろう。それで、ずっと一緒に遊ぶんだ。ふたりでいたら、きっと楽しいよ！」

「知ってるよ、馬鹿」

二度、三度と、惹かれ合うように唇を合わせる。愛してくれているというのなら、確かめたい。サウィンに触れて、触れられたい。先ほど手酷《てひど》く拒絶してしまった分もひっくるめて、サウィンの熱を感じたかった。サウィンの背に回した腕で、そろりとサウィンの服をたくし上げ、どう誘ったものかと歯噛みする。

「サウィン、俺、その――」

「こういうときはね」

もごもごと言いかけたそのとき、サウィンがくすりと笑ってウルドの言葉をさらっていく。

「俺を愛してって言えばいいんだよ。……怖がらせちゃったやり直しを、してもいい？　ウルド」

そんな恥ずかしいことが言えるならウルドは苦労をしていない。けれど、あまりに優しくサウィンが囁くものだから、ウルドも素直になれた。

「して。しよう。サウィン。その、全部……」

「全部？」

「最後まで、ほしい。お前の全部、俺に教えて」

言い切ると同時に、よくできましたとばかりに、思考がとろけるような深い口付けを与えられる。ゆっくりと寝床に横たえられて、いまだ慣れない体勢に、ウルドは恥じらいながら目を逸らした。

首から耳まで舐め上げられて、ウルドはぴくりと体を揺らす。サウィンの息遣いに隠しきれない興奮を感じ取り、求めているのは自分だけではないのだと知って、余計に体が熱くなった。

肌を辿られ、体を開かれるのはどうにもいたたまれない。けれどそれ以上に、自分のものだと言わんばかりに触れられ、快楽を与えられるたび、満たされる心地がした。

敏感な乳首を指でくすぐられると、掠れた声が漏れる。聞くに堪えない情けない声だと自分では思うけれど、それでサウィンがそそられてくれるのなら、我慢するのはやめようと思った。

ゆっくりとした愛撫《あいぶ》が心地いい。

隔てるもののない腹と胸とが重なり合うと、サウィンが少しだけ深い息を吐く。そんなわずかな変化がたまらなかった。腰をよじらせると逃げるなとたしなめられるけれど、ねだるように体を委ねれば、サウィンは甘い声でウルドを褒《ほ》めてくれる。

「いいこ、いいこ。かわいいね、ウルド。どこが好き？」

かわいいなんて言われたって嬉しくもなんともないはずなのに、サウィンが褒めてくれるたび、幸せな気持ちになった。金色に変わり始めた目で愛おしげに見つめられるたび、体から力が抜けていく。

「ぜんぶ、すき。サウィンがさわってくれるなら、どこも……」

舌を絡める気持ちよさも、肌に触れられ、高められるもどかしい快楽も、全部サウィンに教わった。

好き。愛してる。いいこ。かわいい。

溺れそうなほどの愛と言葉で、サウィンはウルドを包んでくれる。

宝物でも触るみたいに、全身を辿られた。普段はおおざっぱなくせに、サウィンの指と舌は、寝所にいるときだけは繊細に動く。見様見真似《みようみまね》で愛撫を返せば、ウルドの拙《つたな》い手つきをサウィンは喜んで受け入れてくれた。

高められた体を持てあまして助けを請えば、見え隠れする傲慢さはそのままに、サウィンはウルドを絶頂まで押し上げてくれた。すみずみまで支配するようにウルドに触れては、そのたびサウィンはウルドの官能を限界まで引き出して、ウルドの思考を狂わせていく。

散々焦らされたあげく、何度もひとりだけ絶頂に押し上げられて、とうにまともな思考はなくなっていた。

「さわって、サウィン……もっと、おれをあいして」

「あっは、かわいい。蕩《とろ》けてきちゃったね。もっと見せて。ウルドのやらしい顔、もっと」

ぎらぎらと目を輝かせながら、サウィンが楽しそうに笑う。サウィンが笑ってくれたことが嬉しくて、ウルドもへらりと微笑み返した。けれど、間を置かずして微笑みは引きつり、眉根が寄る。

「ん、あ……っ」

「指、三本入るようになったね。痛くない？」

「きもちい、……っ、いい……ぅ、あ、サウィン……！」

「ここにいるよ、大丈夫。いっぱい感じて」

ゆっくりと出し入れされるたび、ぞくぞくと背筋に快感が走る。散々触られほぐされた場所は、中に何も入っていないと疼いて仕方がないほどには、サウィンにしつけられていた。後ろを触られる快感は、他のどこを触られるよりも強烈で、声が止められない。

何度も達したと思っても、もう出るものも残っていないのか、長引く快感に涙を流すことしかできなかった。口の端を舐め上げられて、はじめて唾液を零《こぼ》していたことに気がつくほど、ウルドはサウィンにすべてを委ねていた。

「ひ……っん、サウィン」

「なあに」

「いれて。つながりたい。お前の、ぜんぶ、ちょうだい」

「んん……でも、もうちょっと見てたいなあ……ウルド、えっちいし……素直だし……」

サウィンがなにやら言っているが、それを深く考えられるだけの理性は、もはやウルドには残っていなかった。ただ繋がりたくてたまらない。ウルドの体で、サウィンにも気持ちよくなってほしい。溶けてなくなってしまいそうな快楽を、一緒に分かち合いたかった。

そろりと穴に手を伸ばし、ひくつくそこを、ウルドは自らの手で広げて見せる。

「頼むから……すき、すきなんだ、サウィン……っ」

ねだった途端、サウィンの瞳孔が、蛇のようにきゅっと縦に伸びた。初めて見たときには恐ろしかったそれも、隠す余裕がないほどサウィンが興奮している証なのだと悟ってしまえば、嬉しいだけだ。

「…………わざとやってる？」

「え？　――ぁ、ひっ、……っ！」

膝を持ち上げられ、押し当てられたものの固さに歓喜したのも束の間のこと。体の中から押し広げられるような圧迫感に、ウルドは目を見開く。痛みはないけれど、指とは比べられないほど奥まで抉られる感覚に、はくはくと浅い息をする。

行き場のない手を闇雲《やみくも》に伸ばせば、するりと絡めとられて寝台へと押し付けられた。

「は……っ、ウルド、熱いね」

「あ、っん、ぜんぶ？」

「うん、全部、入ったよ。ウルドの中、気持ちがいい」

慣れない感覚は苦しいけれど、ひどく幸せだった。触れている体のあたたかさと、身も心も満たされる感覚に、たまらずウルドは声を零す。笑みを浮かべる余裕すら捨てて、ウルドを求めてくれるサウィンを愛しいと思った。

「すき、すき……っ、サウィン」

「ん、俺も、すき。ウルド」

たった一度体を繋げただけで、こんなにも幸せな気分になるのだから、愛を交わすとはよく言ったものだとどこかで思う。夜が深まり、空が白み始めるまで、ウルドは溺れるようにサウィンに愛された。ウルドを抱き潰したいと語っていたサウィンは、本人の申告どおり、宣言を違《たが》える

ことはなかったのだ。

第八章

しゃらりと袖《そで》の装飾が揺れる。

サウィンが染めてくれた藍《あい》の布を使って作られた、今日のためだけの特別な服だ。ひいき目なしに見ても立派で美しいそれをまとい、ウルドは背筋を伸ばして時を待っていた。

かくして、時は来た。

「ウルド陛下、お時間です」

「今行く」

大臣――今日からは肩書きを改め、大統領に任命されるアンガスが、誇らしげな声でウルドを呼ぶ。気が急いてたまらないというような、感極まった声。ウルドもまた、同じ気持ちだった。

国が壊れてから、十年の時がすでに過ぎていた。

十年かかった。復興を進め、内外に手回しをして、長年続いた国の制度をまるごと変えるための準備期間の話だ。

ゆっくりと足を進める。王冠は被らない。今日から必要なくなるものだから。仰《ぎょう》々《ぎょう》しい衣装の仕上げに、長いマントを手に取ろうとすると、先んじてそれを取り上げられた。

「サウィン」

「俺にやらせて」

年を重ねて、精悍《せいかん》さを増した番《つがい》の顔を、照れくさく眺める。年なんて取らないくせに、三十を迎えたウルドに合わせて、並んで年を重ねるふりをしてくれる優しい男。

ひらりと堂に入った仕草でマントを広げられ、おいでとばかりに微笑まれる。はにかみながらもウルドはその手伝いをありがたく受け入れた。

「よく似合ってるよ。ウルドの晴れ舞台に、ぴったりだ」

「ありがとう。……今日まで、本当にありがとう。サウィンが隣にいてくれたから、ここまで来られた。こんなに長く、待たせてごめん」

「いいよ。十年なんて、あっという間さ。それに、今日からウルドの時間全部、俺にくれるんでしょ？」

「ああ。……森に帰ったら、また一から家を作ろう。土でもいいし、木でもいい。サウィンと作るなら、きっと何だって楽しいだろうな」

だから、最後まで見届けて。

そう囁き、首を傾けてキスをすれば、でれでれとサウィンが笑った。視界の端では、アンガスが頬をかきながら苦笑している。甘えるような仕草は恥ずかしいけれど、サウィンが喜ぶのならウルドの恥くらい安いものだ。

「いってらっしゃい。頑張って」

「うん」

マントを翻《ひるがえ》し、ウルドは舞台へと上がっていく。小国ルインの最後の王として、務めを果たすために。


雲ひとつない青空の下、ざわめきに包まれた広場には、所狭しと人が集まっていた。

見渡す限りの空間に、子どもから老人まで、ルインに生きる多くの民が立ち並んでいる。見知った顔もあるが、大半はそうではない。不安そうな顔でこちらを見上げてくる者もいれば、アンガスと同じく、感慨深そうに目を潤ませる者もいた。

皆、一度は壊滅しかけたこの国で、復興までの日々をともに堪え忍び、生き抜いてきた者たちだ。

舞台の中央に立ったウルドは、十年続いた平和を丁寧に寿《ことほ》いだあとで、静かに人々を見渡した。こちらを見上げてくる国民ひとりひとりと目を合わせながら、ゆっくりとウルドは口を開く。

「――親愛なるルインの国民諸君」

静まり返った広場の中央で、ウルドは朗々《ろうろう》と宣言する。

「我が国ルイン王国は、今この時を以って王制を廃し、ルイン共和国へと名を改める」

ざわり、とうねりのようなどよめきが広まった。それが不安の囁きなのか、はたまた変化を歓迎する歓声なのか、ウルドには判断できない。

乾いた唇をひっそりと舐め、震える呼吸を押し殺す。事前に考えていた通りの言葉を続けようとしたそのとき、ふと遠くで揺れるものが見えた。

サウィンだ。広場の真後ろで、木の枝に腰掛けたサウィンが、ぶらぶらと足を揺らしていた。

つい先ほどまで舞台袖にいたはずなのに、いつの間に移動したというのだろう。

いつもと同じ、のん気な顔。目が合った途端に嬉しそうに微笑み、ぶんぶんと手を振ってくるものだから、ウルドの緊張もどこかへと飛んでいってしまう。

（人の気も知らないで）

今まで何度思ったかも知れないことを考えて、ふと、王としてのウルドの仕事は、これで最後なのだと思い当たった。

この十年、政務で疲れ果てて私室に戻るたび、マイペースなサウィンに時に癒やされ、時に腹を立ててきたものだ。

望んだことさえなかった王座を引き受けて以来、愚王と呼ばれて然《しか》るべき失敗ばかりを繰り返してきた。死の際でサウィンに救われてからは、壊滅状態となった国の中で、他人を頼り、周囲と協力し、誰かを信じることを学びながら生きてきた。それから先は、少しはまともな成果を上げることができただろうか。

（これが、最後なのか）

今日が終わるころには、ウルドがこの国ですべきことは、すべて終わる。サウィンとの約束を、ようやく果たせるのだ。そう思うと、沁《し》み入るような喜びを感じる反面、おかしなことに、ほんの少しだけ名残惜しい気もした。

重く、厭《いと》わしく、恐ろしくてならなかったはずの王の座を、苦痛に思わなくなったのは、いつからだったのだろう。

生温《なまぬる》い春の風が、花と草木の香りを乗せて舞い上がる。ふわりとマントをはためかせた風は、ウルドの頬を撫で、広場に集う人々の間を踊るように吹き抜けていった。

つむじ風に驚いたのか、広場を歩く鳥たちが、音を立てて一斉に飛び立っていく。復興に伴い、街中で急激に数を増やした白い鳥は、まさに平和な時代の象徴だ。

青空へ向かう鳥の群れを視線だけで見送って、ウルドは正面の人々へと意識を戻す。

恐ろしかったざわめきも、最後だと思えば怖くない。民の声を全身で受け止めるように、ウルドは大きく両腕を広げてみせた。

人々の注目が集まった頃合いを見計らい、ウルドは毅然《きぜん》と言葉を紡《つむ》ぐ。

「世《せ》襲《しゅう》で継がれる王座は消える。代わりに、この国の主となるのは、ここにいる諸君ひとりひとりだ。王の意志ではなく国民の意志がルインを治め、皆が選んだ代表者が、民の意志の代弁者として、これからのルインを導いていくことになる」

ぐるりと民を見渡して、ウルドは結びの言葉を口にする。

降ってきた王座を正しく終わらせるための、出来損ないの王としての最後の言葉だった。

「突然のことで混乱もあるだろう。変化に対する不安もあるだろう。けれど、皆で力を合わせれば、きっとこの国はもっと豊かで、より良い国になると信じている。願わくは、この平和が長く続き、ルインに住まう者たち、皆にとって幸福な国にならんことを――」


辺境の小国ルイン。竜に愛された国とも呼ばれるその国は、戦と災害をきっかけに王制を廃し、大陸初の民主主義国へと生まれ変わった。一時は壊滅寸前まで追い込まれながらも、ルインは小国の利点を生かして改革に柔軟に適応し、国王から大統領へと指導者が移り変わる中、かつて以上の活気を手に入れていくことになる。

ルイン最後の王は、国を丸ごと変える改革を成し遂げた後、国民に惜しまれながらも、表舞台から姿を消した。

七番目の末の子でありながら、王座を受け継いだ波乱の人。かつて愚王と呼ばれながらもその後改革王として歴史に名を残したその人の最後は、明らかになっていない。彼《か》の人を知る者は、王は竜にさらわれたのだと語るが、真偽《しんぎ》のほどは不明である――。

終章

国を滅ぼした竜の災いから数十年。季節は春を迎えていた。

ルイン共和国とパスメノス帝国を隔てるは、恒久《こうきゅう》の自然をたたえる神秘の森。幾年経とうと変わらず美しいその森は、別名を『女神の箱庭』とも呼ばれていた。竜の逆鱗《げきりん》に触れる恐ろしさは人々の記憶に新しく、両国民は決して森に足を踏み入れない。

そんな神秘の森の一角には、土づくりの変わった家がある。家を囲むように深い緑が生《お》い茂《しげ》り、合間には薬草と花々が入り混じる。たったひとりの番《つがい》のために、変わり者の竜が整え続けたその場所は、まさに楽園だった。

「今日は天気がいいね、ウルド」

随分と軽くなってしまった番《つがい》の体を抱き上げて、サウィンは今日も森を歩く。陽《ひ》の光は体にいいとウルドが言っていた。何より、最近めっきり眠りがちになったウルドが、散歩をしていると時折目を覚まし、懐かしそうに笑ってくれるから、すっかりお決まりの習慣になっていた。

「久しぶりに、ルインを見てきたよ。あ、もうルインじゃないんだっけ？　あの国も賑《にぎ》やかになったね。今の代表が優秀なのかな。お祭りみたいだったよ！　でも人に聞いたらお祭りじゃないんだってさ。栄えてるだけなんだって」

　翼があってよかったと思うのはこんなときだ。たとえウルドが動けなくなっても、サウィンがウルドの目となり翼となり、代わりに見てきてあげられる。

「俺、知らなかったけど、王制が終わってから、暦《こよみ》を数え直すことにしたんだって。ウルド暦《れき》六十年っていうからなになに、ってびっくりしちゃったよ。俺の番《つがい》はすごいんだって、みんな知ってるんだよ、ウルド」

　つらつらと話していると、ウルドが小さく笑う気配がした。薄く開いた瞼から、きらきらと輝く瞳が現れる。目が合うと、それだけで幸せな気分になった。年を取ってもウルドはかわいらしい。

「え？　なに？　お前、人の国が嫌いなくせに？　……別に嫌いじゃないよ。昔は興味がなかっただけ。今は面白いなって思ってるよ。何よりウルドがあんなに頑張って変えた国だ。俺だって手伝ったし、それはもう俺とウルドの子どもみたいなものでしょ？　気になりもするって」

　宝に執着する竜が、昔は理解できなかった。ひとつのものに執着して、他のものが見えなくなるなんて、なんて愚かなやつらだろうと嘲っていた。

　けれど違った。ウルドとともに見た世界は、サウィンひとりで見る世界よりずっと鮮やかで、美しかった。ウルドの喜ぶ本を生み出す、人の国や技術を、簡単に壊せばいいとは思えなくなった。彼が愛するものごと、サウィンは彼を愛したくなった。ウルドを愛したことで、サウィンの愛は広がり、以前と比べ物にならないほど生きることが楽しくなった。

弱々しく目を開けたウルドが、ちらりと木々を眺めて薄く笑う。それだけで、サウィンはウルドの望みを理解した。

「森が見たいの？　もちろん。行こうか、ウルド」

愛しい人を大切に抱えて、サウィンは歩く。

ウルドとサウィンがはじめて出会った穴ぼこは、改造に改造を重ねて、立派な家になった。ふたりで作った水路は、川から水を引き、いつでも湯を楽しむ役に立っている。ウルドがまずいと言った木の根は育ち、今や立派な大樹《たいじゅ》になった。サウィン一押しの赤い果実の木は残念ながら枯れてしまったけれど、朽《く》ちた木のまわりには新しい芽が芽吹いている。

「どこを歩いても思い出がたくさんだね。ウルドのおかげで、幸せが増えた。愛してるよ。大好きだ、ウルド」

寂しがりで愛されたがりの愛しい番《つがい》に、サウィンは毎日何度も言葉を贈る。ウルドは構い過ぎると弱ってしまう動物とは違う。すぐに悪い方に考えてしまうウルドには、構いすぎるくらい構うくらいでちょうどいいのだ。

照れくさそうに、ウルドが口の端を上げる。

しばらく歩いていると、疲れてしまったのか、ウルドの瞼が緩やかに降りていく。最近はいつもそうだ。分単位の時間だけ、ウルドはまどろみから目を覚ます。

今日の逢瀬《おうせ》はいつもよりも長かった。

薄くなってしまったウルドの頬にそっと口付け、サウィンは家へと引き返す。皺だらけの頬をウルドは好んでいないようだったけれど、ウルドが年を重ねていく姿を間近《まぢか》で見ることは、サウィンの喜びだった。

年なんて気にしない。外見の違いだって、変わっていく様をつぶさに見られるのなら、愛しいだけだ。それでも何かを悲しむウルドを慰めたくて、サウィンもウルドに合わせて、年を重ねるふりを続けた。「そんなところまで合わせなくてもいいのに」とはにかむ顔がかわいかったから、やってよかったと思っている。

愛しい人の命の灯火《ともしび》は、サウィンの時間と比べてあまりにも短い。それが間もなく燃え尽きることを薄々分かっていたけれど、一秒でも長く、一緒にいたかった。

「おかえり、ウルド。寒い？　布を足そうか。ウルドがきれいって言ってた、茶色で染めたんだ」

細い体を、慎重《しんちょう》に寝床に横たえる。ウルドの唇が震えたのを見て、そう声をかけたけれど、どうやらそういうことではないらしい。ほとんど空気が震えるばかりの声なき声でも、竜族たるサウィンの耳にははっきり聞こえる。

「ごめん」とウルドは言っていた。

「何を謝るのさ」

尋ねると、ウルドはサウィンの目をじっと見つめて、力を振り絞るように手を伸ばす。あわててその手を両手で握り、サウィンは一度だけ、強く奥歯を噛んだ。

起きている時間よりも、圧倒的に眠る時間が多くなったウルドは、ここ数日、食べることもできなくなっていた。もういつそのときが来てもおかしくない。分かっていたけれど、とてもそれを受け入れられなかった。嫌だと叫びたかった。

それでもサウィンは笑う。サウィンの能天気な笑顔が好きだと言ったウルドのために、最後まていつもどおりの顔でいると決めていた。

――もう、お別れみたいだ。

ウルドの唇が紡いだ言葉を正確に読み取って、サウィンは首を横に振る。

「お別れじゃないよ。天寿《てんじゅ》を全《まっと》うしたくらいで、縁が切れるって思ってるの？　大丈夫だよ。ウルドは馬鹿だなあ」

ウルドが困ったように目を細める。どうせまた、自分のことなんて忘れろだとか、自由に生きろだとか、そんなことばかり考えているのだろう。千年ひとりで生きたサウィンにとって、ようやく出会えた愛する人が、どれだけ大切で特別か。いらないことを考えすぎるウルドにはきっと、分からないのだ。

「死んだら、また生まれておいで。ちゃんと待ってるからさ。俺は鼻が良いんだ。どこに生まれたって見つけるよ。ウルドは追いかけないとすぐどこかにいっちゃうからさあ。……ああいや、追いかけるって、そういう意味じゃないから、安心して。だって、ウルドのために、この世界を守らなくちゃだろ？」

――でも、お前のこと、覚えてないかもしれない。

「俺が覚えてる。大丈夫だよ。それに、それもありかもしれないよ。だって、出会いからもう一度楽しめるんだ。最高じゃない？　きっと楽しいよ。子どものときからおじいちゃんになるまで、また色んな遊びが楽しめるんだから」

――よかった。お前が寂しくないなら、それでいい。

寂しくないはずがない。逝《い》かないでくれと縋《すが》り付きたくてたまらなかった。けれど、そんなことを言ってしまったら、優しいウルドはきっと旅立てない。

「約、束」

ウルドのしゃがれた声が、言葉を紡ぐ。ぐっと胸が詰まって、そんな自分に苦笑する。ウルドに出会って以来、すっかり心が育ってしまったらしい。ウルドが与えてくれたものを愛しく思うと同時に、憎らしくも思う。おかげでこんなにも胸が苦しい。

それでも、ウルドが遺《のこ》していってくれるものなら、苦しくてたまらない傷でさえも、愛したかった。

「……うん、約束だ」

「す、き」

「俺も、ウルドが大好きだよ」

――眠い、とウルドが呟く。

「疲れたんだよ。起こしてあげるから、安心して」

うつろになっていく瞳を見つめながら、サウィンは微笑みを浮かべ続けた。

「……おやすみ、ウルド」

ウルドは一度だけサウィンを見て、ほんのわずかに口角を上げた。そうしてふっと息を吐き出すと、それきり目を開けなくなった。サウィンはウルドの手を握ったまま、ウルドのそばを離れなかった。握った手が冷たくなって、知らない感触に変わってしまっても、動けなかった。

傾きかけた日が、真っ赤に世界を照らす。いつかウルドと夕焼けを眺めたことを、ふと思い出す。あの日、まだ子どもだったウルドが言った、「『ずっと』がないことが寂しい」という言葉の意味が、ようやく分かった気がした。ずっとなんてないと分かっていても、それでも永遠を願いたかった。

ぽたりと何かがウルドの頬に落ちる。雨漏《あまも》りだろうかと思ったけれど、空は晴天だ。それなのに、ふたつ、みっつと止まらぬ雫《しずく》が、ウルドの頬を濡らしていく。

それが己の涙だと気づいたときには、もうだめだった。最後まで保ち続けた笑みを歪めて、サウィンは咆哮《ほうこう》する。

「あぁぁああア！」

人と竜が同じ時を生きることは叶わない。

それでも、過ごした時間を、なければよかったなんて思いたくはなかった。

控えめにサウィンの服を摑んできた、あの小さな拳を覚えている。手負いの獣顔負けの警戒心で歯を剝《む》くくせに、ころりと心を開いて笑う、その不器用で無防備なふるまいに、いつしか興味を引かれていた。

節くれだっていく手を、合わせて笑った日があった。サウィンの姿が擬態《ぎたい》だとも知らず、先に声変わりを迎えたのだと得意げに笑う顔が微笑ましかった。

震える手で胸倉を摑まれた日もあった。今にも泣き出しそうな顔をしていたくせに、兵に連れられ人の国へと戻っていったきり、ウルドは森に顔すら出さなくなった。あのとき己が口にした言葉が、どれだけ冷たく、ウルドの心を傷つけるものだったか、今のサウィンならよく分かる。

一度だけ、似合わぬ剣を掲げる姿を見たこともあった。刃の海の中心で、無謀《むぼう》にも敵を挑発する愚か者がウルドなのだと気づいた瞬間、サウィンの目の前は真っ暗になった。あれほどの恐怖を感じたことは、サウィンの長い生の中でも他にない。

血の匂いに耐えながら街で暮らした十年間が、苦行ではなかったと言えば嘘になる。愛しい番《つがい》を人目に晒《さら》し続ける苦しみも、危険と知りながらも連れ去ることができない苛立ちも、竜でなければ分かるまい。それでも、サウィンを見つけてほっと微笑むウルドの顔を見るたびに、もう少し頑張ろうと思えたものだ。

ふたりきりで過ごした数十年は、幸せなんて言葉では語り切れないほど、愛しく優しく穏やかに、サウィンのすべてを満たしてくれた。

ウルドが本を繰る手の、繊細な動きが好きだ。ウルドの真剣な横顔をいつまでも見ていたくて、何百冊も何千冊も、読みもしないのに本を集めた。同族から譲ってもらった古書も、街で仕入れた新作も、中身はさっぱり知らないけれど、ウルドがどんな顔をして読んでいたかだけは、鮮明に覚えている。

手を繋いで森を歩くのが日課になったのは、いつのことだっただろう。ともに静かに暮らせる日々が幸せで、時を数えることさえ忘れていた。

隣り合って眠る夜、繋いだ手から伝わってくるぬくもりが好きだ。

肩を小突く手の遠慮のなさが好きだ。

サウィンを呼ぶ声のあたたかさが好きだ。

呼びかけると振り向いて、柔らかく双眸《そうぼう》を細めてくれるあの表情を、もう一度だけでいいから見せてほしい。

「……ウルド。ウルド、……ウルド……っ、あぁぁあ！　うアぁあああ！」

重ねてきた日々の記憶が、次から次へと脳裏《のうり》を巡る。

幸せも悲しみも胸の痛みも、どうしようもない寂しさでさえ、ウルドのくれたすべてが、サウィンの宝物だった。


森のはずれで竜が慟哭《どうこく》する。

悲痛に空気を震わせるその声を聞き、若い竜はびくりと肩を揺らした。

「……サウィン？　何、騒いでるんだろ。ちょっと見に行ってくるよ」

「よせ」

「でも、何かあったのかも」

「よせと言っている」

おろおろとする若い竜を、ユールレイエンは鋭くたしなめた。かつてサウィンの隣人だったこともある彼は、森のはずれを眺めたあとで、背を向け家へと歩き出す。

「番《つがい》を喪った竜の声なんぞ、聞いてやるな」

ユールレイエンに続くように、まわりの若き竜たちも、そろり、そろりと歩き出す。

長き時を生きる森の民は、悲しみに暮れる同胞《どうほう》を憐《あわ》れみ、ひそやかに天に祈りを捧げた。

そうすることしか、してやれなかった。

エピローグ

生まれたときから、誰かを探していた。卵から孵《かえ》った瞬間、そのひとが隣にいないことが悲しくて仕方がなくて、大声で泣いた。

数百年ぶりに生まれた竜の子なのだと言って、里のみんなが彼をかわいがってくれる。飛べず、人型にもなりきれず、自然から命を分けてもらうこともろくにできない出来損ないを、それでもかわいいといって慈《いつく》しんでくれる。けれどそのたび、違うと心のどこかが叫んでいた。

約束した。

見つけてくれると言ったのに。

見つけなければいけないのに。

あんなに悲しい笑顔をさせるつもりじゃなかった。

探しに行きたいのに、何を探したいのかも分からなくて、夕方になるたび寂しくて泣いた。大人の竜に言っても困り果てるばかりで、誰も彼の探しものを分かってくれない。

ようやく安定した人型を取れるようになると、彼は歩くことができるようになった。おぼつかない足取りで里を抜け出しては、大人の竜に連れ戻されることを繰り返す。

どうしてみんな邪魔ばかりするのかと喚いて、へろへろの羽で空へと逃げた。

情けなくも墜落《ついらく》した結果が、今だ。やみくもに森を抜け、海を越え、知らない山のどこかに落ちた。また連れ戻されないうちに『誰か』を探したいのに、思いのほか飛ぶのは難しい。

（あいつはあんなに簡単に飛んでいたのに）

当たり前のようにそう考えて、あいつとは誰なのか分からなくて、また涙が滲んできた。全身が重くて、立ち上がれない。

（少し、休もう）

隠れなくちゃと思って辺りを見渡すと、ちょうどよさそうな深い穴を見つけた。じんわりあたたかいその穴に潜りこむと、なんだか眠くなってくる。気づいたときには、すっかり寝入ってしまっていた。

「……ねえ」

優しい声が聞こえる。抱き上げられたのは分かったけれど、目が開かない。

「ねえ、起きて。こんなところで寝ていたら、あぶないよ。ここで何してるのさ」

そのひとの声は震えていた。

怖いのだろうか。嬉しいのかもしれない。それとも寂しいのだろうか。泣いてしまいそうな声がかわいそうで、慰めてあげたくて、彼は必死に目を開く。

人間だ。茶色の髪に、そばかす顔の冴えない人間。

けれど、竜の気配がする。

おかしなやつ。

そう思ったのに、そのひとの顔を見た途端、涙があふれ出てきて止まらなかった。

そうだ。こいつだ。

謝りたくて、慰めたくて、そんな風に笑わなくたっていいのだと言ってあげたかった。ずっとずっと会いたかった。

「……約束、した」

言葉が勝手にあふれてくる。胸が苦しくてたまらない。短い腕で、彼はぎゅうとそのひとを抱きしめた。

「うん。……うん……！」

くしゃくしゃに顔を歪めたそのひとに、謝りたかった。けれど、名前を呼びたいのに、分からない。気づいた瞬間、一気に悲しくなって、涙が止まらなくなる。

「うああぁ！」

「泣かないで」

そっと、宝物でも抱えるように、そのひとは彼を抱きしめてくれた。

「人になると思ってたのに、里に生まれるなんて思わなかった。生まれてきてくれて、ありがとう。ごめんね、見つけるのが遅くなって」

「ちがう。ちがう。おれが、ごめん。おれ、あなたのなまえも、わからない……っ」

「いいんだ。謝らないで。君の方から探しに来てくれたじゃんか。それだけで、おれ……」

そのひとも泣いていた。

このひとがしゃくりあげるほど泣く姿なんて見たこともなかったのに、自分のせいで泣かせてしまったのだと思うと、余計に涙が湧き出てくる。

「大丈夫だよ。大丈夫。……また、友達になろう。家族にもなろう。一緒に遊ぼう。おれ、は、……っく、サウィン、だよ」

ひどく懐かしい名前だった。

聞いたことなんてないはずなのに、慕《した》わしい。誰より大切なひとの名なのだと、魂が叫んでいた。

「君の、……っ、名前、は？」

ふたりして泣きながら、生まれたばかりの竜は、まわらぬ舌で必死に応える。

「おれの、なまえ……、おれのなまえは――……」

なあ、もう一度最初から、ふたりで楽園を作り上げよう。

星の花

まどろみの中で、聞いたことのない音がした。

虫にしては不規則で、鳥の声にしては不自然だ。いつまで経《た》っても鳴りやまぬものだから、気になってサウィンは木の枝から飛び降りた。

サウィンたち竜族には、人間のように夜にぐっすりと眠り込む習性はない。体を休めるための浅い睡眠を途切れ途切れに取る以外には、夢と現《うつつ》の間で、暇つぶしをするためだけに目を閉じているようなものだ。

怠惰《たいだ》な竜族には日がな一日惰眠《だみん》を貪《むさぼ》っている者もいるけれど、同じ暇つぶしなら、サウィンは体を動かす方が好きだった。だから人間と同じように昼に動いて夜に寝ることにしているのに、こうも音が気になっては眠れない。

「う、うう……」

掠《かす》れた高い音を辿《たど》ってみればなんてことはなく、それはただのうめき声だった。

枯れワラで作った寝床《ねどこ》をそっと覗《のぞ》き込む。鳥の巣によく似た寝床の中心で、この間拾ったばかりのウルドが、寝ながら涙を流していた。

傷口が痛むのかとも思ったけれど、一番大きな腹の傷には、薬草がきっちり貼られている。拾ったときに一応全身を確認はしたはずだが、どこか傷口を見落としていただろうか。

手を伸ばして触れてみると、心なしかウルドの肌が熱い気がした。息は荒いし、汗もかいている。そういえば今日は心なしか憎まれ口が控《ひか》えめだったし、夕方から元気がなかったような気もする。

傷口が汚れていたか、それとも風邪でも引いたのだろうか。人間が弱い生き物だとは知っていたけれど、こうまで弱くてよく生きてこられたものだと、かえって感動してしまう。

手慰《てなぐさ》みにウルドの額《ひたい》に指で触れ、汗で張り付いた前髪を弄《もてあそ》ぶ。すると、どういうわけかウルドの涙がぴたりと止まった。それどころか、すうすうと穏《おだ》やかな寝息さえ聞こえてくる。

どういう仕組みになっているのか、さっぱりわけが分からなかった。

「……明日になったら、病にきく薬草をあげるよ」

ウルドの頭をそろりと撫《な》でて、サウィンはそっと立ち上がる。

神経質なユールレイエンあたりなら、熱冷ましやら腹に効く薬やら、症状に合わせて細々《こまごま》と調合をするのだろうが、生憎《あいにく》サウィンにとっての薬草は『傷治し』と『病治し』の二種類だけだ。時折無謀《むぼう》な人間が命がけで採ろうとするくらいだから、効き目はそれなりに期待できるだろう。

実際、薬草はウルドの熱によく効いた。

高熱がウルドのうめき声の原因だったならば、これでもう夜にうなされることもないはずだ。

そんなサウィンの考えは、はじめは当たっているかのように思えた。

怪我《けが》が治り、一緒に家を作るようになると、ウルドは昼には全力で動き回り、夜にはぐっすり深く眠るようになったからだ。

しかし、数か月と経たぬうちに、ウルドはまた夜にうなされるようになった。

「ううぅ……!」

「うーん……、布を足してもダメか。服を変えてもダメだし、なんでかなあ」

ウルドの寝顔を眺《なが》めながら、サウィンはひとり首を傾《かし》げる。腹を守るように丸くなっているから、てっきり寒いのかと思ったけれど、そういうわけではないらしい。

かといって、寝床の問題でもない。ワラの寝床がちくちくして嫌だと言うから、木々の間に網を吊るしてつり床《どこ》を作ってみたが、「足のつかないところなんて怖くて寝られるか馬鹿!」とウルドには大不評だった。

放っておいても良いのだけれど、夜ごとすすり泣くウルドの声が聞こえてくると、どうにも胸が落ち着かない。

「なんでうなされてるの?」と意地っ張りの本人に聞いても、口を閉ざすどころか、黙って遠くで寝ようとする始末である。面倒くさいのでウルドにはもう聞かないことにした。

これはサウィンが解くべき謎《なぞ》なのだ。

「温度じゃないなら、お腹が空いてるとか？　それとも――ん？」

ぷすぷすとウルドの頰《ほお》をつついていたそのとき、ふとウルドが顔を傾けた。起こしたかと焦《あせ》ったけれど、目はしっかりと閉じられたままだ。サウィンの指にすり寄ってきただけらしい。

指を枕にされたついでに、ウルドの涙をそうっと拭《ぬぐ》う。その瞬間、ぴくりとウルドの唇《くちびる》がわないた。何かを言おうとするその唇を、興味津々《しんしん》でサウィンはじっと見つめる。

ウルドが呼ぶのは母か父か、はたまたきょうだいか。

持ち前の聴力で、サウィンは声にならないウルドの声を聞き分ける。

「なになに？　……『だ』、『れ』……『か』……誰か、かな？　なーんだ」

つまらない。拍子抜けして手を引こうとしたが、サウィンが手を動かした途端《とたん》に、むずかるようにウルドはサウィンの指を握り込んだ。赤ちゃんみたい、となんとなしに考えて、サウィンは閃《ひらめ》く。

「俺、分かっちゃったかも」

吐息だけで囁《ささや》いて、サウィンはいそいそとウルドの隣で横になった。ウルドの枕にされている方の手で、サウィンは慎重《しんちょう》にウルドの頭を持ち上げる。寝ているからか、じんわりと熱いその頭を、サウィンは自分の腕に乗せるようにして胸に抱き込んだ。

「ほら、大丈夫、大丈夫。寂しくないよ」

静かに声を掛けながら頭を撫でる。不規則に跳《は》ねていたウルドの寝息は、やがて深く穏やかなものになり、ウルドの目尻から滲《にじ》み続ける涙は、苦しそうな寝顔が緩《ゆる》むにつれて乾いていった。

(やっぱり!)

自分の予想が当たったことを確信して、サウィンは口角を上げる。赤ん坊がぐずるときは、抱いて宥《なだ》めるものだと相場が決まっている。体温を感じると安心するのだったか、心音が眠気を誘うのだったか、そのようなことをユールレイエンから聞いた覚えがあった。

厳密にはウルドは赤ん坊ではないが、効けばいいのだ。謎を解き明かしたサウィンは、満足しながら目を閉じた。

＊　＊　＊

それからというもの、サウィンはウルドがうなされるたび、ウルドを抱き込んで添い寝をするようになった。はじめこそ「お前が地面で寝るなんて何があったんだ」と怪訝《けげん》そうな顔で心配されたものだが、何度も繰り返すうち、何かを察したように、ウルドは何も言わなくなった。

代わりに、ウルドは時折、物言いたげにサウィンを見る。

「サウィン。またそれだけしか食べないのか」

「え？　ああ、うん」

しゃくり。口を大きく開けて、サウィンはもぎたての赤い果実にかじり付く。実にふんだんに含まれた濃厚な果汁は、嗜好品《しこうひん》としては悪くない。

「一日中あれだけ動き回ってるくせして、よく果物ひとつで足りるよな」

「まあね」

人間のウルドと違って、竜族のサウィンにはそもそも食事らしい食事は必要ない。本来はこうしてウルドと食卓を囲む必要もないのだが、困ったことに、ウルドはひとりで食事をするのを嫌がるのだ。

サウィンが果実を渡せば「一緒に食べよう」と呼び止めてくるし、おぼつかない手つきで料理をしては、ウルドは当たり前のようにそれをサウィンと分け合おうとする。なぜそうも構ってくるのか不思議ではあったが、うなされた夜に添い寝をすると静かになるのと同じで、人恋しいのかもしれない。

「俺に遠慮してるんじゃないよな、サウィン」

「えっ？　どういうこと？」

「実は食べられる植物がもうないとか、腹減ってるのに我慢してるとか、そういうこと。だってお前、果物も野菜も、いつも俺に渡してばっかりじゃないか」

「そりゃ、そうだよ。ウルドは子どもなんだから、たくさん食べなくちゃ」

「お前だって子どものくせして、何言ってるんだ」

「俺はいいの」

「よくない」

話せば話すほど、ウルドの視線はいじけるように険《けわ》しくなっていく。ウルドが何をそうも気にしているのか分からなくて、サウィンはほとほと困り果てた。

「よくないって言われてもなあ」

「……昔からずっとそうなのか。その赤い実だけで生きてきたのか？」

「昔？　うーん……」

記憶を辿る。ウルドを拾う前は、わざわざ食事の真似事《まねごと》なんてしていなかった。たまに面白そうな形をした植物や、刺激的な色の果実を見つけては、暇つぶしにかじっていた程度だ。

首を傾げるばかりのサウィンに焦《じ》れたのか、ウルドは前のめりに問いを重ねてくる。

「肉や魚は？　食べたことがないのか？」

「あー、本当にすごーく昔なら、そういうものを食べてたときも、あったかもしれないなあ……」

竜族全体で女神《めがみ》からの嫌がらせを受ける前の話だから、かれこれ千年近く前になる。

あのころはこの森のような定住地もなかったし、周りにいたのも気性の荒い同族ばかりだった。

暇に飽かして竜の姿で空を駆け、狩りと競争を兼ねて他種族の集落を襲《おそ》っては、血肉の味を楽しんでいた時期もあったかもしれない。おそらくは若気のいたりだったのだろうが、いかんせん昔すぎて記憶が定かではなかった。

「でも、もう狩れないし、どんな味だったかも覚えてないなあ」

食べる理由もなければ、特に食べたいわけでもない。いずれにせよ血を忌避《きひ》するように呪われてしまっているから、この先口にする機会もないだろう。それだけの言葉だったが、意外にもウルドは食いついてきた。

「……懐かしいか？」

「どうかなあ。そうかもしれないね」

答えるのがだんだん面倒になってきた。話を無理矢理まとめるように、サウィンは赤い果実を掲げて笑う。

「まあ、いいじゃん。俺は、この実がお気に入りなの！」

「うまいけど、そればっかりじゃ栄養が偏《かたよ》るだろ。でも、そうか。ふうん……」

何やら考え込むように口を閉ざしたウルドは、その後もすっかり上の空のままだった。

そんな会話をした翌日のことだ。川に水を取りに行ったはずのウルドが、いつまで経っても家に戻ってきやしない。太陽はとっくにてっぺんに昇っている。いつもであれば昼の食卓を囲んでいる頃合いだ。

だというのに、待てども待てどもウルドは帰ってこない。まさかとは思うが、川に落ちてしまったのだろうか。

気候の安定したこの森では、多少雨が降ったところで川の水はそうそう増えない。溺《おぼ》れるほどの深さもないし、中に入って遊べるくらい、流れの緩やかな河川だ。落ちたとして何が起こるとも思わないが、人間はびっくりするくらい弱いから、落ちた拍子に頭を打ったとか、水草に絡まって上がれないだとか、そういう可能性もなくはない。

待つのに飽きていたこともあり、サウィンは匂いを辿ってウルドを探すことにした。残った匂いを辿る限り、ウルドはたしかに川に行っていたようだが、その後なぜかうろうろと森を歩き回り、森の奥へと向かっている。

（ウルドは何をしてるんだろう？）

その方角が森の民の里に近いものだから、サウィンは顔をしかめて歩調を速めた。

人騒がせなウルドは、見つけてみれば、川からずいぶんと離れた森の奥に入り込んでいた。地面に座り込んで、ごそごそと何かを処理している。何をしていても構わないが、場所がよくない。もう少しで竜族の里に踏み込みかねないその場所は、下手をすれば人嫌いの誰かに始末されてしまっても文句を言えないくらいの危うい位置だ。さすがのサウィンもひやりとした。

「ウルド。ここで何をしてるの」

足を踏み入れてはいけないと口酸っぱく言い聞かせてあるはずの場所なのに、どうしてまたこんなことをしたのだろう。硬い声で呼びかければ、ぱっとウルドは振り返り、どこかはしゃいだ様子で声を上げた。

「あっ、サウィン！　見ろ。鳥を落としたんだ！」

その言葉にウルドの手元を見れば、石矢に貫かれた鳥が、血溜《ちだ》まりの中に落ちていた。傍《かたわ》らに放られている無骨な弓に見覚えはないから、枝と蔓《つる》を使ってウルドが即席で作ったのだろう。察するに、鳥を仕留めようと追いかけて、ウルドはこんな森の奥まで迷い込んでしまったらしい。

「弓矢は苦手だったけど、役に立つこともあるんだな。鳥の処理の仕方は本で見たことがある。待ってろ、今捌《さば》いて――」

「ここに来たらダメだって言ったよね」

弾んだ声で話すウルドの言葉を遮《さえぎ》って、サウィンはずかずかとウルドに歩み寄る。ウルドの腕を摑《つか》んで立ち上がらせると、手元から一層強い血のにおいが漂ってきた。湧き上がる嫌悪感に耐えられず、サウィンは小さく舌打ちする。

「え、サ、サウィン……」

サウィンの顔を見上げて、びくりと凍りついたようにウルドが身を強張《こわば》らせる。

不快な血のにおいと、近くに感じる殺気だった同族の気配のせいで、サウィンの機嫌は底辺に落ちていた。うろたえるウルドに気を配るだけの余裕もなく、サウィンはウルドの腕を勢いよく引っ張って、そのままウルドの体を自分の肩に乗せるように抱え上げた。

「何するんだよ！」

ウルドが喚《わめ》くのも無視して、サウィンは木の上を飛び渡りながら、できる限りすみやかにその場所を遠ざかる。

「サウィン、降ろせ！　何でそんなに怒ってるんだよ。それに、鳥が……せっかく落としたのに」

「放っておけば大地に還《かえ》る」

「でも、俺、お前に」

「俺が何？　俺はあそこには近付くなって教えたはずだ。ウルドひとりくらい、簡単に殺せるような危ないやつらの縄張りだから、危ないって言った」

サウィンの同族は、それが掟《おきて》に触れない限り、何かを消すことを基本的にためらわない。不快なら消して、気に入れば懐《ふところ》にしまいこむ。強ければ意思を通せるけれど、弱者に抗う術《すべ》はない。そういう原理で生きている。

ウルドみたいな小さく弱い人間など、炎の一噴きで焼け焦《こ》げて終わりなのだ。

そのときのサウィンには、ウルドが里に踏み込めば、自分が掟破りで罰を受けるかもしれないなんて考えはかけらもなかった。ただただ命知らずなことをしたウルドへの苛立《いらだ》ちだけが、頭の中を占めていた。

「どうしてあんなことをしたの」

冷たく問いかける。サウィンの怒りを感じ取ったのか、喚いていたウルドの声は、みるみる萎《しぼ》んで小さくなった。

「その、鳥を追いかけてるうちに、気がついたら知らないところまで来てて……。サウィンの言ったこと、破るつもりじゃなかった。ごめん」

「俺は『どうして』鳥を追いかけたのかって、その理由を聞いてるんだ」

「え……？」

「食べ物が足りなかった？　それともお腹が空いてたの？　こんな馬鹿なことをするくらいなら、言ってくれればいくらでも取ってきたのに」

「……っ、馬鹿ってなんだよ！　俺は、俺はただ……っ」

「ただ、何さ」

話を促しただけなのに、ウルドは答えない。ひくり、と喉《のど》を鳴らす音が聞こえたかと思えば、

「……なんでもない！」と、ウルドはか細い声で吐き出した。

「う、うう……！　もういい。もういいよ！　サウィンのバーカ！　お前なんか知るもんか！」

「馬鹿って言うと怒るくせに、俺には言うの？」

「知らない！　お前だって、どうせ俺のことなんか、嫌いなんだろ！　降ろせ！　降ろせよ！」

まるきり子どもの癇癪《かんしゃく》だ。付き合わずに放っておいて、あとで食べ物のひとつふたつ渡して機嫌を取ればいい。そう頭では分かっていても、腹が立つのは止められなかった。

ウルドのしたことは、猛獣の目前で、殺してくれと言わんばかりに嫌がらせをしたようなものだ。自分がどれだけ危険なことをしたのか、ウルドは本当に分かっているのだろうか。

加えて、いくら暇だからといって、サウィンは嫌いな相手をいちいち気にかけてやるほどお人よしではない。ウルドを気に入っているからこそ、こうして忠告しているというのに、その言い草はあんまりではないか。

「なんだよ。何か言えよ……！」

黙って怒りに耐えていたのに、ウルドが甲高《かんだか》い声で喚くものだから、サウィンも苛立ちを抑えきれなくなる。

「どうせウルドは言っても聞かないんでしょ。俺だってもういいよ」

「なんだよそれ！」

ばたばたと手足を振り回して暴れるウルドを抑え込みつつ、土の家に着いたところで肩から降ろす。波だった感情を抑えようとため息をつけば、びくりと怯《おび》えたようにウルドが肩を震わせた。

「何」

怪訝に思って声を掛けても、ウルドはますます頑《かたく》なに拳《こぶし》を握るだけだった。目の縁を真っ赤に染めて、唇を噛《か》んだその顔は、どこからどう見ても泣き出す寸前の表情だ。

「ウルド？」

「……レンガ！　ついてくるなよ！」

完全に涙声で言い捨てて、ウルドはレンガ作りの定位置へと走り去っていった。

「言われなくても行かないよ！」

売り言葉に買い言葉で、サウィンはささくれだった気持ちをそのまま、ウルドの背中へと投げつけた。

騒ぎ、じゃれ合いながら作業を進めるいつもと違い、その日のウルドとサウィンは、日が落ちるまでずっと、ひと言も口をきかなかった。楽しいはずの家づくりが、不思議なくらい楽しく感じられない一日だった。

目すら合わせず各々《おのおの》の寝床に落ち着いて、おやすみも言わずに目を閉じた。こんなときに限って星も月も出ておらず、夏虫の声だけが、真っ暗闇に寂しく響いている。

「――ひ……っ、ぅ、く……、っ……！」

目を閉じて幾《いく》ばくもしないうちに、引きつった息の音が、サウィンの鼓膜を震わせた。

ウルドが泣いている。何度も聞いたことのある音だから、見なくても分かった。

昼に泣く寸前の顔をしているとは思っていたが、夜になって気持ちが昂《たかぶ》ったのか、とうとう涙を堪《こら》えきれなくなったらしい。泣くならサウィンの前で泣けばいいものを、どうしていつも隠れて泣くのか不思議で仕方がない。ウルドは押し殺しているつもりだろうが、揺《ゆ》れる呼吸も鼻水をすする音も、どうせサウィンの耳には丸聞こえだ。

「ああもう、しょうがないなあ……」

小さく呟《つぶや》いて、のそりとサウィンは木から飛び降りた。

昼間はついついウルドにつられて言い合いになってしまったが、時間が経って冷静になってみれば、そこまでムキになることでもなかった。ましてやウルドを泣かせるつもりなんて、サウィンにはなかったのだ。決まり悪く思いつつ、サウィンはウルドを探して歩く。

ウルドはいつもの寝床にはいなかった。サウィンから距離を取ろうとでも思ったのか、ウルドは土の家の外側で、壁に背中を預けるようにして、膝《ひざ》を抱えて座っていた。声を殺すためか、強く嚙まれた唇は赤くなっているし、組まれた腕には指がきつく食い込んでいて、見るからに痛々しい。

「ウルド」

隣に座り、そっと呼びかけると、ウルドはぴくりと肩を揺らした。

「なんだよ……っ、あっち、いけよ」

「うん、あとでね。ねえ、昼間、何を言おうとしたの？」

「昼間……？」

ずび、と鼻水をすすりながら、ウルドは目だけでサウィンを見た。真っ赤に泣き腫《は》らした目が憐《あわ》れみを誘う。よくもまあそこまで感情を揺らせるものだといっそ感心した。

「なんで鳥を捕ろうとしたのって聞いたときさ、何か言おうとしてたでしょ？」

「お、お前、……っ、馬鹿なこと、って……ひっく……、言った、くせに」

「だって、心配だったんだもん。ウルド、死んじゃってたかもしれないんだよ。鳥を追いかけただけで死んじゃうなんて、そんなの馬鹿って言いたくもなるよ。俺、ウルドと遊ぶのが好きなんだ。もっと一緒に遊びたいじゃん。死んじゃったら嫌だよ」

下からウルドの顔をのぞき込みながら言うと、ウルドはしばらくの間、言葉を咀嚼《そしゃく》するようにぱちぱちとまばたきをしていた。やがて理解が追いついたのか、ウルドはくしゃりと顔を歪《ゆが》ませて、「……俺も、もっとサウィンと遊びたい」と涙混じりに気持ちを口にする。

その捨て犬みたいな顔を見ると心が痛くて、サウィンは考える間もなく口を開いていた。

「あのさ、俺、ウルドのこと好きだからね」

「……え？」

「お前も俺なんて嫌いなんだろー、とかなんとか言ってたじゃん。昼間。ウルドが誰のことを言ってたのか知らないけど、俺『は』ウルドを嫌いになったこと、一度もないよ。嫌な気持ちになるから、俺がウルドのことが嫌いだなんて、もう勝手に言わないでね」

「う……」

うさぎみたいに真っ赤な目を見開いて、ウルドはわなわなと唇を震わせた。かと思えば、ぶわりと両目から涙をあふれさせるものだから、サウィンはほとほと困り果てる。

「どうして泣くの。俺、そんな変なこと言った？」

「う、う……ううー！」

ぶんぶんと首を横に振りながら、声にならない声をウルドは漏らす。さしものサウィンも、ウルドが何を言っているのか、さっぱり分からなかった。

人間というのは難しい。それともウルドが特別難しいだけか。

ウルドの涙が落ち着くまで、サウィンは根気強くウルドに寄り添い続けた。嗚咽《おえつ》がようやく止まるころ、すっかりくぐもった鼻声で、ウルドはぽつぽつと語り出す。

「……お、俺、何かをしたかったんだ。サウィンはいつも食べ物をくれるし、薬草だって取ってきてくれるだろ。なのにお前、いつも俺にばっかりくれる。夜だって、怖い夢を見て起きると、いつもお前が隣にいる。俺もサウィンに、何かあげたかった。肉を取ったら、喜んでくれるかなって思ったんだ」

思いがけない言葉に、ぽかん、とサウィンはウルドを見る。言い訳をするように、ウルドは早口で言葉を重ねた。

「肉とか魚とか、あとは豆とか……大きくなるのには、野菜や木の実だけじゃ駄目なんだ。本で読んだ。お前は俺に育ちざかりって言うけど、そんなのお前だって同じだろ。だから、その……鳥なら落とせそうだって思って。だけど、当たらなくて。でも、翼に当たっちゃったから、落とさなくちゃだめだと思って、それで……」

本人も何が言いたいのか分かっていないのだろう。だんだんとまとまりがつかなくなってきた言葉を引き取るように、サウィンは「そうだったんだ」と頷《うなず》いた。

「気にすることないのに。俺は、ウルドより森に詳しいから色々取ってこられるだけだよ。ウルドだって、レンガを作るの、俺より上手じゃん」

「でも」

「それに俺、肉は食べないよ。魚も。食べられないんだ。血の匂いがダメだから。ウルドの気持ちは嬉《うれ》しいけど、本当に果物だけで大丈夫なんだよ」

「え……」

どうやら言うタイミングを間違えたらしい。気づいたときには時遅く、ようやく落ち着いたはずのウルドの涙が、またじわじわと溢《あふ》れ始めていた。

「ごめん。……ごめん、サウィン。俺、知らなくて……。ひっ、く……、またいつもいつも、勝手に余計なことばっかりして、それで、みんなに、……っき、嫌われる。お前、いつも優しくしてくれるのに、ごめん。怒鳴って、ごめん。余計なことして、迷惑かけて、ごめん。サウィン」

「わー！　迷惑じゃないよ。心配したから怒っただけだってば。俺も、ごめん。泣かないで、ウルド」

泣き喚くでもなく、きつく膝を抱えて顔を俯《うつむ》けるウルドを見ると、胸がぎゅうと苦しくなった。ひとりで泣くのに慣れきった、痛々しい仕草を見ると、どうにもこうにも落ち着かなくなる。

どうしたものかと頭を抱えたところで、ふとサウィンは思い出す。夜中にうなされるウルドは、抱きしめた途端に、いつもぱったりと泣き止《や》むではないか。

――これだ！

思いつきに任せるがまま、サウィンは膝を抱えるウルドごと、横から体当たりをするように抱きしめた。

「ほら、泣かない。泣かない。えーっと、肉じゃなくてもいいんでしょ？　なら……豆！　豆はどう？　苗を植えて、育てるのは？　俺、ウルドに何かしてもらうより、一緒に何かやりたい！その方が楽しいよ。ね、そうしよう！」

「ふっ、……ぅ、……分かった、から、ゆ、揺する……な！　馬鹿！　目が……まわ……！」

ぶんぶんと肩を掴んで揺さぶっていると、ウルドの手が宙ぶらりんになった。それをいいことに、サウィンはウルドを正面から抱き直す。寝ているときはすり寄ってくるくせに、起きているときのウルドは困ったように身を竦《すく》めるばかりで、つまらない。抱き合ったこともないのだろうか。

「ウルド、知らないの？　ぎゅーってするんだよ？　ほら、こう！」

「くる……し……！　苦しいって、この馬鹿力！」

ふざけているうちに、だんだんとウルドの声に力が戻ってきた。そのことにほっと胸を撫でおろしていると、ウルドは不貞腐《ふてくさ》れた様子で涙を拭い、「また俺ばっかりだ」とぼやきを零《こぼ》す。

「何が『ばっかり』？」

「俺ばっかり、お前に何かしてもらってるってこと。今日一日、サウィンと話せなくて悲しかったのに、俺、自分じゃ仲直りもできなかった。俺だってお前に何かしたいのに、何もできない。何をしたら喜んでもらえるのかも、分からない……っ」

唇をへの字に曲げるウルドを見つめながら、おかしなことを言うなあ、とサウィンは首を傾げた。

「俺はウルドと一緒に何かすると楽しいけど、ウルドは違うの？」

「違わない」

「でしょ？　だからウルドも俺と一緒にしたいこと、言えばいいんだよ。そうしたら俺、喜ぶよ。ほらね、簡単！」

「……うん」

こくりと頷いたウルドは、しょんぼりとしたまま、しばらくサウィンに身を預けていた。かと思えば、何かを思い出したようにうろうろと視線をさまよわせ、「もう寝ろよ」とわざとらしくサウィンに声をかけてくる。

「寝るけどさあ。ウルドも寝たら？」

「う、うん。もうちょっとしたら、俺も寝るから。サウィンが先に寝ろ」

「んんー？」

じっとウルドを見つめるも、ウルドはさもやましいことがありますと言わんばかりに目を逸《そ》らす。こういうところは分かりやすい。

「ウルド、何か悪いことする気でしょ」

「別に、悪いことなんか……」

「俺が寝てる間に、どこに行くつもり？」

ウルドの頬を両手で固定して、じっと見つめて問い詰めれば、観念したようにウルドは目を伏せた。

「……昼間の鳥を、埋めてこようと思って」

「鳥？　ああ、あれか。地に還るって言ったじゃん。これだけ時間が経ってたら、獣か虫が食べちゃってるよ」

むしろ血の匂いを厭《いと》う竜族の誰かが燃やしている可能性の方が高い。無駄なことはやめろとウルドを諭《さと》そうとしたけれど、ウルドは頑《かたく》なだった。

「でも、まだあそこに落ちたままかもしれない。さすがに今から食べるのは危ないかもしれないけど、残ってるならせめて埋めてやらなくちゃ。何にも使われないのに、殺すためだけに殺されたんじゃ可哀想《かわいそう》だ。殺したのは、俺だけど……」

「埋めてどうするの」

純粋な疑問だったが、ウルドは非難と受け取ったらしい。きゅっと唇を曲げて、「なんでもいいだろ！」とますます意固地になってしまった。

「サウィンは血が苦手なんだろ。俺ひとりで行くし、いいよ。とっとと寝ろよ」

「だから、あそこは危ない場所なんだってば。もう暗いし、夜目のきかないウルドじゃ危ないよ。今じゃなきゃ駄目なの？　せめて朝になってからにしない？」

朝だろうが昼だろうが、ウルドにあの場所へ近付いて欲しくはないが、どうしても行くならせめて明るいうちの方がまだましだ。しかし、ウルドはふるふると首を横に振った。

「今日じゃなきゃ駄目なんだ。鳥を落とした場所の近くに、青い花が咲いてた。一日しか咲かない花だって図鑑に載ってたやつだ。明日じゃ目印がなくなる」

花なんて咲いていただろうか。そう言われればそんな気もするが、焦っていたので見ていなかった。深々とため息をついて、サウィンはじとりとウルドを見る。

「危ないから近づいちゃダメって、何回言えば分かってくれる？」

「ちゃんと分かってる。今回だけだ。次から絶対近づかない。それに、埋めたらすぐ戻ってくるから大丈夫だ」

お前は寝てていいから。

心細そうに立ち尽くしながら、ウルドがそんなことを言うものだから、ざわりと心が波立った。

やりたいことがあるならサウィンを誘えばいいし、泣くならサウィンの前で泣けばいいし、怖いならサウィンを頼ればいいのだ。なぜそれだけのことがウルドは分からないのだろう。

もやもやとした苛立ちをぶつけるように、サウィンはぐしゃぐしゃと髪の毛をかき回した。

「もー……。ぱっと行って、鳥を拾って、ぱっと帰る。それで、二度とあの辺りには近寄らない。分かった？」

「別に、俺ひとりで――」

「分、か、っ、た、よ、ね？　返事はハイ！　おっけー？」

「……ハイ」


身を縮こまらせるウルドの手を引きながら、サウィンはウルドを連れて夜の森をせかせかと歩く。ウルドの足に合わせたこともあり、昼間来た場所にたどり着くころには、すっかり夜が更けていた。血の匂いがだいぶ薄れているところからして、探すまでもなく鳥の死骸がなくなっていることが、サウィンには分かってしまう。けれど、ウルドは自分の目で見なければ納得しないだろう。

月が隠れているせいで、辺りは足元があやしくなるほど真っ暗だった。目の良いサウィンに支障はないが、おぼつかない足取りで歩いているウルドの目には、ほとんど何も見えていないに違いない。

「えっと、花、花……。大きな二股の木を抜けて、すぐのところだったはず。……っ！」

ぶつぶつと呟きながら辺りを探していたウルドが、突然ひゅっと息を呑《の》んだ。何事かと視線を向ければ、きらきらと目を輝かせたウルドが、「サウィン、あれ！」と興奮したようにサウィンを手招いている。

「どうしたの、ウルド」

「いいから、見ろよ」

ウルドの肩の後ろから、サウィンはひょいと顔を出して木々の間を覗き込む。

木々に囲まれた小さな空間の一角には、薄《うっす》らと青く発光する花が群生していた。風が吹くたび花弁が舞い上がり、燐光《りんこう》を引きながら、空へと立ち上るように揺られていく。

「……ああ、なるほど。ウルドの言ってた青い花って、星の花のことだったのか」

「星の花って呼ぶのか？　きれいだな……」

サウィンが星の花と呼んだのは、昼に咲いて、その日の夜だけ燐光を発しながら散っていく、寿命の短いおかしな花のことだ。夜には目立つが、昼に見ても、星型をした地味な水色の花でしかない。生える頻度は数十年おきなのに、生えたら生えたですぐにきらめいて散っていく、存在感のない植物だった。群生しているのは珍しいが、サウィンたち森の民にしてみれば、花自体は特に珍しいものでもない。

もっとも、ウルドにとってはそうではないらしい。

「きらきらしてる。すごいな。こんな花、初めて見た……！　ただの青い花じゃなかったんだ！」

歓声を上げたウルドは、つい先ほどまで泣きじゃくっていたとは思えないほど生き生きと笑い、興奮したように花畑に見入っていた。

「なあ、すごいな、サウィン！　これ、きっと夜だから見られたすごいものだぞ。昼に見たときは一本だけだったのに、あのあと咲いたのかな？　明日には散っちゃう花だから、今日しか見られない。こんなにきれいなもの、見たことないよ、俺！」

「そんなにすごい？」

ウルドのはしゃぎっぷりに苦笑しながら問い掛ければ、間髪入れずにウルドは「当たり前だろ！」と快活に言い返してきた。

「夜中に出歩くことなんてそうそうないし、この花がこんなにいっぱい咲いてる瞬間に来られるとは限らない。見られるのなんて、人生で今日だけかもしれないんだぞ！　……ああ、きれいだなあ……」

百年過ごせば二回くらいは見かける気もするけれど、こうまで感動されると、実はウルドの言う通り、すごいもののような気もしてくる。

ウルドの子どもらしい大きな黒目の中には、明滅する星の花が銀河のように映し出されていた。瞳《ひとみ》が文字通りきらきらと光っていて、見ているだけで頬が自然と緩んでくる。

ウルドに倣《なら》って、サウィンも花畑に視線を戻してみた。

なるほどたしかに、サウィンの記憶にあるそれよりも美しく見える気もする。

「あ、羽根」

花畑に見入っていたはずのウルドが、何かを見つけて駆けていく。

星の花に埋もれるように、白い風切り羽根が一枚、引っかかっていた。そっと拾いあげたあとで、ウルドは辺りをきょろきょろ見渡して、残念そうに項垂《うなだ》れる。

「鳥の死体は、やっぱりないよな……」

「まあ、そうだろうね」

「……帰ろう。もうちょっと見ていたい気もするけど、あんまり長く居ると危ないよな。付き合ってくれてありがとう、サウィン」

「どういたしまして。その羽根、どうするの？」

白い羽根をウルドが大切そうに懐に仕舞《しま》うのを見て、サウィンは問いかける。

「羽根ペンにする。せめて何かに使わなきゃ、悪いだろ」

「ふーん」

サウィンにはよく分からないが、ウルドがそうしたいというのなら、それでいいのだろう。


夜中の探検が終わり、家に戻るころには、ウルドは疲れ切って口もろくろく開けなくなっていた。サウィンが背負うと言っているのに、ウルドが意地でも歩きたがった結果だ。

「さ、もうだいぶ遅いし、早く寝よう。ウルドも疲れたでしょ」

「……ん」

いつもと比べればかなり遅い時間ではあるが、そうはいっても日の出まではまだまだ時間がある。ウルドに肩を貸しながら、引きずるように寝床まで届けたあとで、サウィンはぐっと伸びをした。

さて自分もひと寝入りするとしよう。しかし、木に足を向けたところで、サウィンはぐいと裾《すそ》を引かれて立ち止まる。

「ウルド？　どうしたの」

眠そうな目でサウィンを見上げながら、物言いたげにウルドはサウィンの服を摑んでいた。

「木で寝るのか」

「……？　うん、いつもそうしてるでしょ」

「寝床、嫌いか？」

「え？　いや、別に嫌いじゃないよ。木の上の方が見晴らしがいいってだけ」

ウルドは何を言いたいのだろう。言葉は回りくどいのに、サウィンの裾を握る手だけはしっかりと張り付いて離れない。

けれどサウィンも学習した。ウルドがこういう面倒くさいことをするときは、何かを言いたいときなのだ。サウィンは根気強く待ち続けた。

数十秒の沈黙のあとで、ようやくウルドは重い口を開く。

「……一緒に寝たい。ゆ、夢、見そうで、嫌なんだ」

一世一代の告白とばかりに告げられたのが、そんなかわいらしい願いだったものだから、サウィンは思わず破顔した。

「なーんだ、そんなことか。もちろん！」

「ありがとう」

はにかむように礼を告げられ、余計に頬が緩んでいく。これまでずっとひとりで意地を張ってばかりだったウルドが、ようやく自分で願いを口にしたのだ。謎の達成感すら湧いてきた。

いそいそとウルドの隣にもぐり込み、うなされるウルドにいつもそうしてやるように、サウィンは自分の腕を枕がわりに貸し出した。

「はい。おやすみ、ウルド」

「……おやすみ、サウィン」

はじめこそどぎまぎと固まっていたウルドだったが、体が疲労を思い出したのか、やがて力を抜いて、すやすやと健やかな寝息を立て始めた。

その一部始終を見守っていたサウィンは、言葉にならない感動を噛み締めながら、足をばたつかせる。さながら警戒心の強い動物が懐《なつ》いて、はじめて腹を見せてくれたかのような喜びが、じんとサウィンの胸に広がっていた。ぎゅっと抱き潰《つぶ》したくなる衝動を辛うじて堪えつつ、サウィンはウルドを慎重に抱きしめる。

どうやら自分は甘えられるのが嫌いではないらしい。隣で寝るだけでウルドの安眠が守られるのなら、明日からもずっと地べたで寝ようと決意した。

面倒くさくて難しい、この小さな友人は本当に面白い。鼻歌を歌いたい気分を堪えつつ、サウィンは上機嫌に目を閉じた。

＊　＊　＊

まどろみの中で、サウィンは笑う。

ずいぶんと懐かしい夢を見たものだ。ふわふわと幸せな気分で、サウィンはゆっくりと目を開ける。夢を見るほどぐっすり寝入るなんて、何年ぶりだろう。

「起きたのか」

つい先ほどまで夢で見ていた子どものウルドを、そっくりそのまま大人にした顔が、目の前にあった。よりしなやかに、より思慮深く成長したその輪郭があまりにも好ましいものだから、サウィンは返事をすることも忘れて、ぼんやりと見惚《みほ》れる。

「なんだ、目は開いてるのに、まだ寝てるのか？　サウィン」

笑い交じりに呼びかけられて、ようやく意識がはっきりとしてくる。

「……ウルド？」

「俺以外の誰がいるんだ」

ぱらり、ぱらりと本のページを繰る音が、眠気を誘う。書き物でもしていたのか、インクのついた白い羽根ペンが、ウルドのすぐ傍らに置かれていた。

本とインクとウルドの匂いにつつまれて、鳥の声に耳を傾けながらあくびをする。幸せだなあ、と脈絡もなく思いながら、サウィンはゆるりと目を細めた。

ページをめくる音がぴたりと止まる。丁寧に栞《しおり》を挟んで本を脇に置きながら、ウルドは横たわったままのサウィンの顔を覗き込んできた。

「お前が寝ぼけるなんて珍しいな。放っておいたら本気で寝出すから、びっくりした」

「ああ、うん……」

その言葉に、寝入る直前の記憶を引っ張り出す。ウルドが本を読んでいるところにちょっかいをかけに行ったつもりが、うっかり寝入ってしまったらしい。

しょぼしょぼと目を擦《こす》って、サウィンは気だるい体を起こす。

「懐かしい夢を見てたよ」

「へえ。どんな」

木の幹に座ったウルドが、足を組み替えながらサウィンに流し目を向けた。本人にそのつもりはないだろうが、年を重ねるにつれて、ウルドは人の視線を惹《ひ》きつける振る舞いを無意識に身につけたように思う。

三十を超えたウルドは、王という大役を務め上げた自信からか、視線ひとつにもどこか迫力が宿るようになった。様々な経験を積んだことで、昔のおどおどとした意地っ張りの印象は鳴りを潜めて、凛《りん》とした空気と、得も言われぬ色香を纏《まと》うようになったのだ。

「泣き虫ウルドの夢」

「俺がいつ泣いたっていうんだ」

「ほら、星の花を見たときだよ」

「ああ……。そんな子どものころの話はもう忘れた。無効だ、無効」

ウルドは顔をしかめてサウィンを睨《にら》む。喜怒哀楽が豊かなのはいいことだと思うのに、ウルドはどうにも感情を揺らすことを恥じている節があった。

「ひとりじゃ寝られないって泣いてさ、かわいかったなー」

「言ってないぞ、そんなこと」

「えー、言ったよ。怖い夢を見るのが嫌だからって」

くすくすと笑いながら、サウィンは感慨深くウルドを眺めた。

意地っ張りで人を頼れないウルドのことが、昔はよく理解できなかった。苛立つことも多かったし、実際に喧嘩《けんか》もたくさんした。今にして思えば、ウルドのことをひとつひとつ知って、歩み寄っていく過程の、なんと貴重な時間だったことだろう。頭を悩ませてばかりいた当時は分からなかったけれど、あの小さな喧嘩のひとつひとつさえ、きらめくような思い出だ。

「今のウルドが怖い夢を見たら、ウルドはどうするのかな」

好奇心で聞いてみる。子どものころは寝ながらひとりで泣いていたウルドだが、大人になった今、悪夢にうなされているところはめっきり見なくなった。

サウィンは当然、ウルドが自分の名前を挙げてくれることを期待した。ところが、予想に反して、ウルドは問いの意味が分からないとばかりに眉根《まゆね》を寄せた。

「お前がいるのに、なんで怖いことがあるんだ」

あまりにも当たり前のように言うものだから、一瞬呆気《あっけ》に取られて返事ができなかった。後になって、じわじわと喜びが湧き上がってくる。

「んふふ、そうだね。ウルドには俺がいるもんね。何にも怖くないもんね！」

ウルドの膝に頭を乗せて、サウィンは頰を緩ませたまま、ウルドを見上げる。今さら決まりが悪くなったのか、恥じらうように目元を赤く染めるウルドがかわいらしい。

「ねえ、また星の花を探しに行こうか」

「滅多に生えないんじゃなかったのか？」

「前に見てからもう二十年以上経ったんだ。そろそろ次の花がどこかに生えてるよ」

ウルドの頰を両手で挟んで目を見つめれば、サウィンの望みを察したかのように、ウルドは背を丸めて顔を近づけてくれた。そっと触れ合うだけのキスをして、サウィンはにこりとウルドに笑いかける。

「花がなければ蛍を見よう。星を見たっていいし、夜の川で水浴びするのも楽しいよ。たまには夜の散歩も悪くないでしょ？」

「『危ない場所に近付くな』って怒ってたのはどこの誰だよ」

「忘れたなんて言って、しっかり覚えてるじゃん」

顔を見合わせ、笑い合う。

「俺がいるなら怖くないでしょ？　緒に行こう」

「……行くよ。勝手なやつだな、本当」

「今さらだね！」

ふたり分の穏やかな話し声が、時折笑い声と小突くような音を交えて響く。

静かな森を賑《にぎ》わせるその声は、言葉を変えては響き続けて、途切れることはなかった。

幸せの記憶

喉《のど》に違和感があったから、こほ、と軽く咳《せき》をしただけだった。

別に体調を崩したわけでもない。ここのところ空気が乾いた日が続いているから、少し喉を痛めただけだ。ウルドにしてみればそれだけのことだったのに、サウィンはこの世の終わりとばかりに顔を青くした。

「ウルド、風邪《かぜ》ひいちゃったの？」

「え？　いや……」

「声、掠《かす》れてる！」

「喉が渇いてるだけだって」

「分からないじゃん、そんなの」

普段だったら「ウルドは弱いなあ」と笑いながら気遣《きづか》うだけのところが、今日のサウィンはどこかおかしい。切羽詰《せっぱつ》まった顔をして、普段の笑みがどこにもない。サウィンらしくもない深刻な表情は、落ち込んでいると言った方がしっくりくるくらいだ。

「本当に何でもないよ。ほこりが入っただけだ。咳ひとつで大袈裟《おおげさ》だぞ」

笑い飛ばしてみたけれど、サウィンの表情は強張《こわば》ったまま変わらなかった。

「そんなこと言って、何かあったらどうするのさ」

「何かって何だよ」

「それは……。もし……、もしだけどさ――」

言い淀《よど》んだサウィンは、言葉にするのも恐ろしいとばかりに声をひそめて、俯《うつむ》いた。

「風邪を拗《こじ》らせて、どうにもならなくなっちゃったら？　そうじゃなくても、病気だったら？　それで、ウルドが死んじゃうかもしれないじゃんか……！」

「はあ？」

たかだか咳ひとつで飛躍しすぎである。何をどうしたらそんな思考になるのかと、さすがに心配になってきた。

「何かあったのか、サウィン？　今日はちょっと、変だぞ」

「……何もないよ！　薬草を採《と》ってくるから、中で寝てて。動いちゃだめだよ」

「そんな、病人じゃあるまいし……って、サウィン!?　おい！」

ウルドに背を向けたサウィンは、ばさりと音を立てて翼を広げると、ウルドが呼び止めるのも聞かずに空へと飛び立っていく。

「……人の話を聞けよ！」

ぷりぷりと怒りながらも、ウルドは眩《まぶ》しいものを見るように目を細めて、青空に手を伸ばした。

雲ひとつない青空は、秋も深まるこの季節、いつも以上に澄み渡っていて美しい。彩《いろど》り豊かに色づいた木々の葉も相まって、一日中景色を眺《なが》めていたって飽きる気がしなかった。

「馬鹿サウィン。天気がいいから、山歩きに誘おうと思ってたのに」

空高くに舞い上がり、もはや小さな点にしか見えなくなってしまったサウィンを目で追いながら、ウルドはそっとため息をついた。飛べるというのは便利で羨《うらや》ましい。もっとも、こういうときには追いかけて止めることができないので、もどかしいばかりだが。

本でも読みながらサウィンを待つか、と腕を下ろしたそのとき、不意に隣に影が差す。

「ため息をつくと幸せが逃げるんじゃないのか」

「うわっ！」

聞き覚えのない声が至近距離で聞こえたものだから、ウルドは飛び上がるほどに驚いた。おそるおそる視線を横に向けると、作りものみたいに整った顔と、蛇によく似た瞳《ひとみ》が目に飛び込んでくる。いつ近づいてきたのかすら分からなかった。あたかも友人かのような距離で隣に立っていたのは、純白の色合いを宿した、冷たい目つきの少年だった。

短く刈り上げられた髪は、雪を思わせる白銀の色。七色の光が煌《きら》めいて見える瞳もまた、人間にはあり得ない銀色をしている。額《ひたい》には乳白色の鱗《うろこ》の名残が見え隠れし、こめかみには角と思わしき、つるりとした突起物が生えていた。

十代半《なか》ばの少年のようにも見える神秘的な容姿は、どこからどう見ても人間のものではない。天の使いと言われたら信じてしまいそうな迫力は、過去数回だけ目にしたことのある、サウィンの真実の姿を思い起こさせた。

「……竜族、か？」

「『森の民』だ、人間」

冷たく無機質な瞳で見据《みす》えられた瞬間、比喩《ひゆ》ではなくウルドの息が止まった。喉が締め付けられるような威圧感に、足が竦《すく》む。それでもウルドがなんとか言葉を紡《つむ》ぐことができたのは、ひとえに王という大役を務めた経験から、取り繕《つくろ》うことがうまくなっていたからだ。

「す、まない。サウィン以外の森の民には、会ったことがなくて……、少し、驚いた」

「構わん。俺も、人間と話すのは百年ぶりくらいだ」

そう言うと、竜族の男は口を閉ざし、じっとウルドを見つめてきた。しかし、待てども待てども、男は口を開かない。気まずさに堪《た》えかねたウルドは、強張る舌を仕方なしに動かした。

「サウィンなら、今は出かけている」

「見れば分かる。でなきゃ俺はとっくに燃やされているだろうよ」

「も、燃やす？　いくらサウィンでも、よっぽどのことがなければ、そこまで乱暴なことはしないと思うが」

「サウィンだからするんだよ。許可なく竜の宝に触れるというのは、そういうことだ。サウィンの番《つがい》のくせして、そんなことも知らないのか、人間」

こちらをごく自然に見下してくる振る舞いは、およそ初対面の者に対するそれではない。サウィンもサウィンでウルド以外の人間に対して傲慢《ごうまん》なところはあったが、ここまで振り切れてはいなかった。

「その……、サウィンに用事があるなら、出直してもらえるか？　それとも、言伝《ことづて》を預かろうか？」

面倒ごとの気配を感じたウルドは、どうにかこうにか一対一の状況を避《さ》けようとした。けれど、竜族の男はそんなウルドの気も知らず、意味が分からないとばかりに首を傾《かし》げてくる。

「なぜ？　俺はあいつの気配が離れたからここに来たんだ」

そう言ったきり、男はまた口を開かなくなった。

気まずい沈黙の中、ウルドと男は、じっと見つめ合う。

「……立ち話もなんだから、座らないか」

ウルドは無言の圧力に屈した。

外の庭の一角には、椅子がわりの切り株と、テーブルがわりの倒木が置かれている。主にウルドが読書に使っている場所だが、茶を飲むのにも使えないことはない。

男を切り株に座らせたウルドは、どうしたものかと悩みながらも、食糧庫に足を運んだ。

サウィンの趣味はその時々で移り変わるが、最近のサウィンは、もっぱら乾燥食材を作ることにはまっている。おかげで倉庫には、茶葉やら乾燥果実やら謎《なぞ》の豆やらが、大量に貯蔵されていた。ウルドにはもはや何が何なのか分からないが、香りの良い茶葉だけは気に入って使っている。

サウィンお手製の最新茶葉は、淹《い》れると夕焼け色の茶になった。お茶請け代わりの赤い果実を数個木から摘《つ》み取りつつ、ウルドは男の向かいに腰を下ろす。

「ええと……俺は、ウルドという。知っているんだろうが、ここでサウィンと一緒に暮らしている……人間だ。森の外の国、ルインから来た」

「知っている。お前がやかましいクソガキだったころ、姿を見かけたことがあるからな」

「えっ」

さらりと告げられた言葉に驚いて、絶句する。外見は少年にしか見えないが、当然ながら見た目どおりの年齢ではないらしい。そういえば百年ぶりに人間と話したと先ほど言っていた。

「それはその……、その節《せつ》はどうも」

「別に何も世話をした覚えはない。俺はな」

ゆらゆらと物珍しそうに茶を揺《ゆ》らしながら、男は続ける。

「お前が戦禍《せんか》を生んだことも知っている。死と諍《いさか》いを振りまき、サウィンを争いに引きずりこんだ愚かな人の王。魂に血の匂いが染みついているな」

侮蔑《ぶべつ》のこもった言葉は、ウルドの胸を抉《えぐ》った。国の制度を変えようが、表舞台から姿を消そうが、ウルドの罪が消えるわけではない。自分でも嫌と言うほど分かっているけれど、他者の口から出る言葉は、一層鋭《するど》く胸に刺さる。

目を伏せたウルドは、平静を装《よそお》って、茶を一口喉に流し込んだ。

「元、だ。ルインにはもう、王はいない」

「へえ、そうなのか」

ウルドの言葉を聞いているのかいないのか、男はすん、と匂いを確かめるように鼻を鳴らす。

「まあ、一時期に比べれば、血生臭さも多少は雪《そそ》がれたか。よほど丹念《たんねん》に愛されているのだろうな。今のお前からは、サウィンの匂いが強くする」

「そ、そうか」

ウルドが戸惑っている間に、竜族の男は思い出したように名乗りを上げた。サウィンに負けず劣らず、我が道を行く男である。

「俺はユールレイエン。言っておくが、名を呼ぶなよ」

「呼んではいけない理由があるのか？」

「お前たち人間の間では、名を交わすことそれ自体が、親交を深める意味を持つのだろう。俺はお前の名を呼ばない。だからお前も俺の名を呼ぶな。人間と親しくなるつもりはない」

「はあ……」

――じゃあなんでわざわざ来て茶を飲んで話してるんだよ！

突っ込みたくてたまらなかったが、ユールレイエンと違って初対面の礼儀を弁《わきま》えているウルドは、黙って微笑《ほほえ》むにとどめておいた。

突然の客人への対応に悩むウルドの気も知らず、ユールレイエンはのんびりと茶をすする。しばらく庭を眺めていたようだったが、やがてユールレイエンは、切り株の上に置かれた一冊の本に目を留めた。

「あれは？」

「その本か？　前にサウィンが持ってきたんだ。今はもう滅《ほろ》びた国の、古い歴史の本だよ。他で見たことがないくらい、商《あきな》いと国の運営について詳しく書いてある。使われている言い回しの古さからして、多分、二百年以上は前のものだろうな」

ここ一週間ほどかけて読み解いた内容を思い出しながら、ウルドは語る。ウルドの説明を渋《しぶ》い顔で聞いていたユールレイエンは、「やっぱりか」と小さな声で呟《つぶや》いた。

「サウィンが本を欲しがるなんておかしいと思ったんだ。読むのはお前か、人間」

その言葉で、ウルドも悟る。

海の向こうの滅びた国の、見たこともないほど古い本。海を渡る手段を持った長寿の種族が、長い間大切に所有していたとしたら、ここにあることも納得できる。

「なるほど。こんな古い本、サウィンはどこから持ってきたんだろうとは思っていたんだ。あなたのものだったのか」

謎が解けると同時に、思いがけず同好の士を見つけた喜びに、ついついウルドは声を弾ませる。

「白竜殿も本が好きなのか？」

「白竜だと？」

ユールレイエンは物言いたげな顔こそしたものの、呼び名に文句は言わなかった。その代わりとでも言うべきか、不機嫌そうに腕組みをして、「俺が人間の本を読んだら悪いか？」とぶっきらぼうに口を開く。

「前に森の外に出た時に集めたんだよ。その頃の本ならたくさん持ってる。最近の本は手持ちにないがな」

「欲しいなら、ルインの市に行けば手に入るぞ」

「嫌だね。人の国はころころ仕組みが変わるし、血のにおいがするから近づきたくない」

しかめっ面《つら》で言い捨てたあと、いじけたようにユールレイエンは唇《くちびる》を尖《とが》らせた。

「サウィンが本に興味を持ったなら、便利かと思ったのに。あいつは人間びいきだし、飽きっぽいから」

サウィンは熱が冷めるとすぐに物を放り出す。ユールレイエンは、サウィンからおさがりが流れてくることを期待していたのだろう。「残念だ」と呟く声には、隠しきれない落胆が滲《にじ》んでいた。

思えばサウィンの持ち込んだユールレイエンの本には、どれも何度も読み込んだのだろう年季が感じられた。新しい本を読みたくとも手に入らない状況ゆえに、同じ本を何度も読み返すしかなかったとしたら。いくら相手が得体の知れない竜族とはいえ、同じく本好きのウルドとしては、同情せずにはいられなかった。

「俺の手持ちの本で良ければ、持っていくか？　ルインの本しかないけど、白竜殿の持っている本よりは間違いなく新しいだろう。サウィンが白竜殿のところから持ってきた分の代わりに、どうかな」

「それは……」

ユールレイエンの視線がうろうろと宙をさまよう。長い逡巡《しゅんじゅん》の後、ユールレイエンは悔しそうに首を横に振った。

「――魅力的な提案だが、ダメだ。俺はサウィンと違って飽きっぽくない。まだ自分の生に満足していないんだ。死にたくはない」

「いや、なんで本を貸し借りするだけで、生きるだの死ぬだのの話になるんだよ」

大袈裟な、とウルドは苦笑いを浮かべたけれど、ユールレイエンはどこまでも真剣だった。

「お前はサウィンの面倒くささを知らないからそう言うんだ、人間」

「サウィンのことならよく知ってるつもりだけど」

「『つもり』は所詮《しょせん》『つもり』なんだよ。お前の知っているサウィンの顔なんて、ほんの一部に過ぎない。番《つがい》を甘やかさない竜がいるはずないからな」

「いや、うん。サウィンが甘いのはそうだけど……」

ルインから森に戻ってきてからは特に、サウィンの態度は顕著に甘い。

服は手作り、食べ物はお手製、家はふたりの共同制作。身も心も満たされながら、べったりとふたりきりの生活を満喫している自覚はある。

しかし、それとこれとは話が別だ。頬《ほお》の熱さをごまかすように、ウルドは咳払いをひとつした。

「白竜殿は、サウィンの何なんだ？　口ぶりからすると、サウィンのことを長く知っているんだろう？」

「隣人だよ。人間からすると、それは長いだろうな。少なくとも俺の記憶にある限り、サウィンはずっと、俺の隣に住んでいたから」

その言葉に、ウルドはぴくりと眉《まゆ》を動かす。

「ずっとって、どれくらいだ？　あいつ、どれくらい生きてるのか聞いても、ちっとも教えてくれないんだ」

「ずっとはずっとだ。サウィンが俺を卵から取り上げて、名を呼んで寿《ことほ》いだときから、ずっと」

「白竜殿を卵から取り上げたって、どういうことだ？」

「言葉の通りだ。俺が生まれるときに、たまたまサウィンがそばにいた」

「なんでサウィンだったんだ？　聞いていいのか分からないけど……、白竜殿の親は？」

まさかとは思うが、サウィンがユールレイエンの親ということはないだろうか。この傍若無人っぷりには、近しいものを感じる。サウィンが何年生きているのか分からない以上、過去に誰かと情を交わしていた可能性だって、なくはない。

ウルドにとっては勇気のいる質問だったが、ユールレイエンは、不可解そうに眉をひそめるだけだった。

「親？　何の関係があるというんだ？」

「だって、卵から生まれるのは赤子だろう。親が赤子を卵から取り上げて、育てるんじゃないのか？」

「親は卵を生むだけだ。誰かの庇護《ひご》が必要な状態なら、そもそも卵から出てくるわけないだろ。そんな鈍臭《どんくさ》いやつ、見たことがない」

「……じゃあサウィンと白竜殿は、親子ではないのか」

「はぁ⁉　あいつが親？　洒落《しゃれ》にならない冗談はよせ！」

本気で嫌そうな顔をして、ユールレイエンは寒気《さむけ》がするとばかりに腕をさすった。

「サウィンの番《つがい》はお前だろうが。あいつがしまい込んで見せない『宝』なんて、俺の知る限りお前が初めてだ。そもそもあいつが何かに執着すること自体が初めてだし、長く誰かと関係を持っていたことだって、今まで一度もなかった。頼むからいらない誤解をしてくれるなよ、人間。俺が死ぬことになるぞ……！」

「あ、ああ……？　すまない」

どんな脅《おど》しだ、と思いつつも、勢いに押されるようにウルドは謝罪の言葉を口にした。初めてという言葉に抱いた仄《ほの》かな優越感を押し殺しつつ、ウルドはさらに問いを重ねる。

「名前を呼んで寿ぐっていうのは……？　名付け親になるってことか？」

「いちいち深読みするやつだな。名前を呼ぶと言ったら呼ぶだけだ」

面倒臭そうにため息をつきながらも、ユールレイエンは律儀《りちぎ》にウルドの疑問に答えていく。

「俺たち森の民は、皆、はじめから名前を持っている。近くで孵化《ふか》を見届けた者は、名を呼んで赤子をこの世界に歓迎する。それが掟《おきて》というだけだ」

「生まれる前から名前があるのか。それって、誰がつけた名前なんだ？　自分でつけるのか？　それとも女神様《めがみ》がつけるとか？」

「さあ、知らない。親気取りのいけ好かない女神が与えるのかもしれないし、魂に刻まれた執着が、名前の形を取るだけなのかもしれない。なんでもいいだろう。どうせ名前なんて、ただの記号なんだから」

「そうだろうか」

ユールレイエンの言葉に引っかかるものを感じたウルドは、控《ひか》えめに口を挟んだ。

「名前に意味は、あるんじゃないかな」

ルインにいたころ、記号でしかなかった『陛下《へいか》』という呼びかけが、周囲と信頼関係を築くにつれて、いつしか『ウルド陛下』に変わっていたとき、ウルドは嬉《うれ》しかった。

仕事を終えて部屋に帰り、サウィンに『ウルド』と呼ばれるたび、王ではないただのウルドに戻れる気がして、幸福感と安堵《あんど》で胸がいっぱいになった。

名前が単なる記号だったなら、どちらも得られるはずのない喜びだ。

「……うん。記号って言い切ってしまうのは、寂しい気がするな」

「人間はわけが分からない。どうでもいいことばかり、気にかける」

顔を歪《ゆが》めたユールレイエンは、ぬるくなった茶を一気に喉に流し込むと、じっとウルドを見つめてきた。透き通った視線は、こちらの心の中までを見透かそうとするかのように、鋭く険《けわ》しい。

「お前は特に、分からない。見目《みめ》が特別優れているわけでもなければ、別段才能に溢《あふ》れているようにも見えない。サウィンはお前の何がそうも気に入ったんだ？　それとも、暇すぎてとうとうおかしくなったのか？」

あまりにも飾らないユールレイエンの言葉に、ウルドは面食らう。そこには好意もないが悪意もない。純粋な疑問だからこそ、ユールレイエンの言葉は無神経で、耳に障《さわ》った。

「……さあ、俺にも分からない。サウィンが俺を好いてくれることも、こうして一緒に暮らせることも、幸せなことだと思ってはいるけどな。サウィンの考えが知りたいなら、サウィンに直接聞いてくれ」

「もう聞いた。ようやくできた宝なのに、なんでそんなすぐに壊れるものを選んだのかと。人間なんて、百年と経《た》たずに老《お》いて死ぬ、弱くて愚かな、くだらない生き物なのに」

その呆《あき》れたような声音《こわね》に、ぴんと来た。

（それでか……！）

咳ひとつで慌《あわ》てふためき、空へと飛んでいった、おかしなサウィン。

純粋で優しい、愛しい番《つがい》の様子がおかしかった理由を悟ると同時に、ウルドはそっと唇を綻《ほころ》ばせた。

「……だからあんなに慌ててたのか。馬鹿だな、サウィン」

サウィンは竜族で、ウルドは人間。時間の流れ方や体の強さが違うのなんて、当然のことだ。とっくに互いに分かっていることなのに、他人に指摘された途端《とたん》に、怖くなったとでもいうのだろうか。そう思ったら、愛しくてたまらなくなった。

「なぜ笑う？」

「なんでもないよ。……ええと、サウィンがなんで人間の俺を選んだか、だったな」

口元を手で覆《おお》って、ウルドは「そうだなあ」と視線を空に泳がせた。ウルドの考えをそのまま伝えてもよかったけれど、可哀想《かわいそう》なくらい狼狽《うろた》えていたサウィンの顔を思い出すと、ほんの少しだけ、この不躾《ぶしつけ》な客人に意趣返《いしゅがえ》しをしてやりたくなった。

「サウィンは、なんて答えた？」

尋ねれば、途端にユールレイエンは苦虫を嚙《か》み潰《つぶ》したような顔をした。

「あんなもの、答えにならない」と吐き捨てる様子からして、答えらしい答えは返ってこなかったか、彼の望む答えではなかったのだろう。容易に想像できた。

「なるほどな。だから俺に聞きに来たわけだ。……当たり前だけど、サウィンがどうして俺を気に入ったのかは、サウィンにしか分からない。でも、すぐになくなってしまうものでも好きになってしまう気持ちは、白竜殿にも分かるんじゃないかな」

「俺が？」

「ああ。だって白竜殿は、本が好きだと言ったじゃないか」

疑問符を顔いっぱいに広げているユールレイエンを横目に、ウルドは静かに席を立つ。

近くの切り株の上から、読みかけの古書を手に取ったウルドは、古びた紙の感触を確かめるように、慎重《しんちょう》に本を開いた。

「――白竜殿はどんな本が好きだ？」

その本に書かれているのは、戦《いくさ》と飢饉《ききん》の記録と、一国の仕組みが変化していくまでの、古く長い歴史だ。経年劣化の進んだ紙は、めくるだけで崩れかける上、インクもかなり色褪《あ》せている。

そう遠くないうちに、本としての役目を果たせなくなることだろう。

「どんな、だって……？」

ユールレイエンは、困惑したように腕を組む。黙り込んでしまったユールレイエンに助け船を出すように、ウルドは本に視線を落としたまま、口を開いた。

「俺はこういう、自分の知らないものが書かれた本が好きだ。図鑑に歴史書、研究資料とかな。行ったことのない国や、見たこともない動物のことを知るたび、自分の中の世界が広がる気がする。もちろん実際には見たこともないし、多分これからも見る機会はないんだろうけど……、本を通じて、見てきたような気分になれるんだ」

何度も読まれ、大切に保存されてきたのだろう本のページをなぞりながら、ウルドは「白竜殿もそうじゃないのか？」とユールレイエンに問いかけた。

「……分からない。考えたことがなかった」

「なら、無意識か？　サウィンが白竜殿のところから持ってきた本のほとんどが、そういう種類の本だった。サウィンが俺の好みのものを選んできたのかとも思ったけど、あいつが選んだら、もっと絶妙にずれたものを持ってくるはずだし……。だから俺たち、好みが似てるんだと思ったけど、違ったかな」

目を見て問いかければ、ユールレイエンは困惑したように視線を彷徨《さまよ》わせた。

「物語よりは、知識を記した本を優先して集めてきた。好みだと言われれば、そうなんだろうよ」

「そうか。……まあ、聞いておいてなんだけど、白竜殿の好みは何でもいいんだ。中身がなんであれ、本であることに違いはないしな」

訝《いぶか》しげに眉根を寄せるユールレイエンを眺めつつ、ウルドは悠然《ゆうぜん》とした足取りで、ユールレイエンとの距離を詰めていく。

「見てみるといい」

年を重ねて傷《いた》んだ紙と掠れた文字を、日の光の下でユールレイエンに差し出して見せる。

「保存状態は悪くないが、もうこの本は長くない。ページも文字も、ぼろぼろだ」

「だからどうした」

「本は朽《く》ちる。中に何が書かれていようが、最後に残るのは、紙だったものの名残だけだ。人の生より長くはもつが、森の民《あなたがた》の生に寄り添えるほど、本の寿命も長くはない」

ウルドの言葉を聞くと、ユールレイエンは思わずといった様子で、古書に指を伸ばした。その指が本に触れる寸前で、「それでも」とウルドは言葉を挟む。

「遠からず朽ちるとしても、白竜殿は本が好きなんだろう。虫に食われて、日で色褪せる、そうでなくても、火や水に晒《さら》せばそれで終わる、脆《もろ》くて儚《はかな》い文字の羅列がさ」

無意識にか、ユールレイエンが不機嫌そうに眦《まなじり》をつり上げた。人ならざるものの瞳で凄《すご》まれると体が竦むどころの話ではないが、ウルドは目を逸《そ》らさなかった。

「消えゆくものを愛するという意味では、サウィンが人間《おれ》を好いてくれるのも、白竜殿が本を好きなのも、同じことだと思うよ」

「……違うだろ。命は複製できないが、本は写せる。人が死んでも骨しか残らないが、本は読めば知識が残る」

「白竜殿が気にしているところは同じだ。本も人も、たとえそれそのものが消えたとしても、得た知識や記憶は消えない。それに影響された自分も、生きてる限り残り続ける。根本的なところは変わらない」

「違う。くだらない人間と、俺の宝が同じであるものか……！」

押し問答のようなやり取りを続けるにつれ、ユールレイエンの目つきはどんどんと険しさを増していく。

「さっきから聞いていれば、ぐだぐだと……！　何が言いたいんだ、人間」

「人に尋ねる前に、自分の胸に手を当てて考えてみろってことだよ」

苛立《いらだ》ちのこもったユールレイエンの言葉を切り捨てるように、ウルドは言い切った。上擦《うわず》りかけた己《おのれ》の声を聞いてはじめて、自分は自分で思うよりも腹を立てていたのだと気づく。

「サウィンに人間《おれ》を選んだ理由を尋ねたと言ったな。望む答えは返ってこなかったんだろう？

……なんて答えて欲しかったんだ？　百年も経たずに死ぬから手間がない？　暇つぶしにはちょうどいい？」

「それは……っ」

「俺に何をどう聞いても構わないけどな、サウィンに聞くなら、もう少し考えてくれ。無神経な問いかけが、ひとを傷つけるときもあるってことくらい分かるだろう」

言葉に詰まったユールレイエンに、畳み掛けるようにウルドは問いかける。

「白竜殿はどうして本が好きなんだ？　なぜ遠くないうちに朽ちると分かっているのに、わざわざ本を好きになることにしたんだ？」

「……っ」

怒気も露《あら》わに睨《にら》みつけられ、本能的な恐怖に体が震えた。けれど、拳《こぶし》を握ることで、ウルドは己を奮《ふる》い立たせる。

「答えろと言われたって、難しいだろう？　あなたが聞いたことは、そういうことだ。ユールレイエン」

ウルドは腹に力を込めて、呼ぶなと言われた名前をあえて呼ぶ。

名前を呼ぶのは意味のあることだ。少なくともウルドにとっては、分かり合いたいと歩み寄る意思そのものだ。それは、目の前の男に分かってもらえるまで言葉を重ねるという覚悟でもあったし、自分でも気づいていないのだろう友人思いの男に見せられる、せめてもの誠意でもあった。

「何かを好きになるのに、ごちゃごちゃと面倒な理由や、他人を納得させるための正当性は本当に必要なのか？」

唇を噛んだユールレイエンに、訴えかけるようにウルドは言葉を重ねた。

「俺はそうは思わない。誰だって自分の好きなものを悪く言われたら嫌だし、どうしてそれが好きなのか、納得できる理由を言えって言われたら、苛々《いらいら》するだろ。好きなものは好きだし、気付いたときには好きになってるんだよ。理由なんて後付けだ。……サウィンが心配なのは分かるけど、あんまり厳しいことを言ってくれるな。俺にとってもあいつは誰より大事な友だちで、家族なんだ。どうしようもないことで、気に病んでほしくないんだよ」

「……友だち？　俺が、サウィンの？」

ぽかん、とユールレイエンは間抜けに口を開いた。そういう顔をすると、外見相応に幼く見える。少なくとも、先ほどまで浮かんでいた、人を食い殺しそうな凶暴さはかけらもない。

苦笑しながらウルドは「そういうことだろう？」と肩をすくめた。

「長年の友人がぽっと出の人間に入れ込んでるものだから、あなたは心配でたまらないんだろう、ユールレイエン」

「な……、なんで俺があいつを心配しなきゃいけない？　隣に住んでただけのやつだって、はじめに言っただろうが。俺はただ……様子を見にきただけだ」

ユールレイエンは早口に言い募《つの》る。こめかみから生えた白い角が、持ち主の心を映すように忙《せわ》しなく明滅していた。

「宝なんていらないって言ってたくせして、はじめてできた宝がよりにもよって脆い人間だぞ？　里のそばで人間を飼った挙句《あげく》、人の国に掟破りすれすれの干渉《かんしょう》をして、何年経っても里に帰ってきやしない。いつもの暇つぶしにしては長すぎるし――」

「おまけにたまに顔を出したと思ったら、読みもしない本を持っていく？」

「ああそうだ。しかも聞けば、連れ帰ってきたその脆い人間を、宝どころか番《つがい》にしたときた。気になりもするだろうが……！　あいつは長く生きてはいるけど、その分色んな見通しが甘いんだ。何でもかんでも思いつきで動く馬鹿だから」

心配という単語を使っていないだけで、それはほとんど、ユールレイエンがサウィンを深く気にかけていることを白状しているようなものだった。

「だいたいサウィンは、時間の感覚だって、人と俺たちで違うってことも、ろくに分かっちゃいないんだぞ」

言葉を切ったユールレイエンは、きっとウルドを睨みつけてくる。

「お前、分かってるのか。俺が様子を見に行ってやらなかったら、あいつは今でもここでお前を待ち続けてた。似合いもしない人の皮を被《かぶ》って、ひとりで馬鹿みたいに喋《しゃべ》り続けて……！　馬鹿すぎて見ていられなかった」

察するに、ウルドが森から出て行った後の話なのだろう。

どうやら知らぬところで世話になっていたらしい。ウルドは頬をかきながら、はにかむように礼を告げた。

「それは……、感謝する」

「お前に礼を言われる筋合いはない」

「ある。あなたのおかげで、俺はサウィンとまた会えたと、そういうことなんだろう？　サウィンがいなかったら、俺は今こうして生きてはいない。愛し合う喜びも、大切な人と一緒に暮らせる幸せも、知らないまま死んでいた。だから……、ありがとう」

ひくひくと頬を引きつらせているユールレイエンをよそに、ウルドは真摯《しんし》に頭を下げた。

「サウィンの分も、礼を言わせてくれ。こんな風に心配してくれる友だちがいるんだと知って、安心した」

「だから、友だちじゃないし、心配もしてない！　様子を見にきただけだと言っただろうが！」

「様子を見にきたならサウィンがいないときを狙ってくるのはおかしいし、サウィンの気持ちが知りたいだけなら、律儀に俺の話に付き合うのは理屈に合わない」

「それは……！　人間は、信用できないからだ。話してみなけりゃ、どんな奴やら分かりやしない。サウィンは、騙《だま》されてるだけかもしれないだろうが」

信用できないと言う割には、問答無用で消すでもなく、話して確かめるという選択肢がはじめに出てくるあたり、根は優しいのだろう。少なくとも、ウルドが気付かないのをいいことに、危険だと判断した人間を勝手に排除していたサウィンよりは常識的だ。

「素直じゃないんだな」

苦笑いを浮かべれば、やけになったようにユールレイエンは舌打ちをして立ち上がる。

「お前に言われたくない！　何が『安心した』だ。短命の生き物が、竜の番《つがい》になんてなりやがって！　あいつのいつもの気まぐれであってくれたらどれほど良かったか……！」

激情を無理やり押さえつけたような、絞り出すような声。視線を上げれば、苦しげに歪められたユールレイエンの顔が目に飛び込んできた。目を見れば、ユールレイエンが本当に言いたかったのは、その言葉なのだとすぐに分かる。

すまないと言いかけて、思い直して口を閉ざした。相手が本音で話してくれているのに、思ってもないことを言うのは、あまりに不誠実だ。

「……先のことを考えると、苦しくなるよ。でも、種族も寿命も、知るより前に愛してしまった。いつか後に残して、傷つけると分かっていても、俺はサウィンのそばにいたいんだ」

「勝手だ。好き勝手に心に居座って、ひとりで満足して死んでいく側は気楽でいいよな！」

「気楽？」

ぴくりとウルドは肩を揺らした。

目の前の男は、ウルドのことなどほとんど何も知らない、話すのも初めての他人だ。サウィンの友人がサウィンの心を一番に気に掛けるのは当たり前だし、人間と関わってこなかった竜族に、人間であるウルドの気持ちを推《お》し量れるはずもない。ユールレイエンはただサウィンのことが心配なだけで、悪気があってその言葉を選んだわけでもないのだろう。

分かっていても、湧き上がるような苦しさを堪《こら》えることができなかった。

「気楽だって？　俺が、何も感じないと思うのか？　自分ひとりが老いていくことに、誰より大事なひとを置いていかなければならないことに、何も思わないとでも……!?」

泣きたくなるほどの悔しさで、声が震えた。

ともに生きられる方法があるなら、ウルドだってとっくにそうしている。サウィンと想いを通じ合わせたその日から、奇跡のような何かを十五年以上探し続けてきたけれど、見つからなかった。それが現実だ。

いつかサウィンを残して、ウルドは死ぬ。変えられないさだめを、誰より疎《うと》んでいるのはウルド白身だ。

「人間でない何かになれたなら、どれほどいいか。でも、どうしたって変えられないものはある。仕方ないじゃないか……！」

口に出せば出すほど、ひた隠しにしていたはずの暗い感情が、どんどんと噴《ふ》き出してくるかのようだった。喉の奥が詰まり、鼻の付け根がつんと痛む。

ウルドはずっとひとりで悩んできた。変えようもない現実を恨み、積もっていくやるせなさを宥《なだ》めすかしながら、サウィンの隣で生きてきた。サウィンと同じ時を生きられる者に、嘆くことしかできないウルドの悔しさがどうして分かるだろう。

子どものころには平気で走り登っていた山を、息切れしながら歩くようになった。サウィンはひとしきりウルドの体力のなさを笑った後で、自分でも気づいていないだろう、寂しそうな顔を一瞬だけ覗《のぞ》かせた。

月夜に水辺を覗くと、年を重ねていく己の顔がよく見える。昔よりも目立つようになった頬骨と、増えた小皺《こじわ》を指でなぞるたび、鏡写しのようにサウィンの顔にも加齢のしるしが増えていった。優しい嘘に気づいても、口には出さない。それが、ふたりの間の暗黙の了解だった。

今が幸せであればあるほど、いつか訪れる未来を嘆かずにはいられない。

毎日を活動的に楽しむサウィンのそばで、老いた自分は一緒に遊ぶどころか、いつかは動けもしなくなるのだろう。何をしてやることもできぬまま、ただただサウィンの重荷になる日を考えるだけで、みじめになる。ウルドが死んだあと、ひとりこの家に残るサウィンがどんな顔をして日々を過ごすのかと思うと、苦しくて、申し訳なくて、胸が潰れそうになった。

気楽に、何を羨むことも悲しむこともせず、サウィンとふたり、ただ毎日を楽しんで過ごすことができるなら、どれだけいいか。

目のふちが熱を持つ。込み上げるものをこらえるように、ウルドは強く奥歯を噛んだ。

「サウィンと同じ時を生きられるあなたが羨ましいよ。あなたの肉を喰《く》らえば同じ生き物になれると言われたら、今この場でそうしてしまいたいくらいには、妬《ねた》ましくてたまらない……！」

年を重ねるたびに、絶望は鮮明になっていく。サウィンにだけは知られたくない、そのどろどろと煮詰まった思いの一端を、ウルドは八つ当たりのようにユールレイエンにさらけ出した。

血を吐くような嘆きを受けて、ユールレイエンは怯《ひる》んだように目を逸らす。

「人間にやられるほど弱くはないし、そんなことをしても、何も変わらない」

「分かってる。全部、分かってるんだ……！　あなたに言われるまでもない」

吐き捨てるように言い放ち、ウルドは震える息を整える。そんなウルドを痛ましげに見た後で、ユールレイエンはそっと目を伏せた。

「……前言は撤回する」

ぎこちなく頷《うなず》くウルドを見て、憐《あわ》れむようにユールレイエンは頭を振った。

「お前の寿命は、何年だ。あと五十年か、六十年か？」

「どうかな。できるだけ長生きしたいとは思うけど、その時になってみないと分からない」

「……お前がただのんき気に生きているだけではないのは理解した。それでも俺は、サウィンが憐れでならない。お前がいくら考えたところで、竜にとって宝や番《つがい》がどれだけの意味を持つものか、理解できるはずもない」

「残していくしかない人間の気持ちも、森の民にはきっと、分からないよ。何かを残してやれたらと思うけど、植えた木だって永遠じゃないし、書いた本は朽ちて、作った家だっていつかは崩れる。確実に残してやれるものなんて、記憶くらいだ」

美しい森を見渡しながら、ウルドはそっと目を細めた。

この楽園のような場所でサウィンと過ごした時間があったから、ウルドはルインでひとり王座につき、つらい思いをしていたときでも生きてこられた。

サウィンにとっても、ウルドと過ごす日々が、優しくあたたかな、心の支えになるものであってくれたらとただ願う。

「あなたの言うとおり俺は人間で、あなた方森の民の気持ちはきっと、本当の意味では分からない。それでも、サウィンが俺を愛してくれるのと同じだけ、俺もサウィンを心から愛しているよ」

真《ま》っ直《す》ぐにユールレイエンに向き直り、静かにウルドは居住まいを正した。

「安心してくれなんて言えないけど……、俺が生きている間は、俺の人生全部を掛けてサウィンを幸せにする。俺がいなくなっても、ふっと思い出して笑ってくれるような、楽しい思い出をたくさん作るよ。誓《ちか》う」

厳しい顔でウルドを見つめていたユールレイエンは、やがて深く長いため息をつくと、じとりとウルドを睨みつけてきた。

「……ふん。俺に誓うことじゃない。サウィンが何をどうしようが、結局はあいつの問題だ。どうせあいつは一度決めたら、まわりの気持ちなんてちっとも知らずに、勝手にそうする」

「そうだな。でも、そうやって振り回されるのが良いんだろ？　俺もサウィンのそういうところ、危なっかしいけど大好きだから、よく分かる」

「もういい。惚気《のろけ》は聞き飽きた」

うんざりと言い放ったユールレイエンは、くるりと踵《きびす》を返す。ぎくしゃくとした空気をほぐすように、ウルドは努めて明るく声をかけた。

「もう帰るのか、白竜殿」

「……さっきから思っていたがな、俺は別に白くない」

憮然《ぶぜん》と返された言葉に、ウルドは目をぱちくりとさせた。散々白竜と呼んでも何も言わなかったのに、どうして今になって呼称を気にするのか。疑問に思った瞬間、言い訳をするように、ユールレイエンは早口に言葉を付け足した。

「奇妙な呼び名をつけられるくらいなら、さっきみたいに呼ばれる方がまだましだ」

背を向けているせいでユールレイエンの表情は窺《うかが》えないが、いかにも不機嫌そうな声に反して、こめかみの角がぴかぴかと落ち着きなく瞬《また》いているのが印象的だった。

本当に素直じゃない。苦笑しながら、そっとウルドは呼び直す。

「じゃあ、その……ユールレイエン。たいしたもてなしもできずに、悪かった」

「元より期待していない。前触れもなしに訪ねたのはこちらの方だ」

「聞きたかったことに答えられていれば、いいんだけど」

「十分だ。よく分かった」

ちらりとウルドを振り返って、ユールレイエンは言い捨てる。

「サウィンも変わり者だが、お前も似合いの変わり者だ。ウルド」

『お前』でも『人間』でもない呼び方に、おやとウルドは目を見開く。

「サウィンともども、せいぜい達者で暮らせ。……ああそれから――」

何かを言いかけたユールレイエンは、次の瞬間、凍り付いたように言葉を止めた。かと思えば勢いよく空を振りあおぎ、面白いくらいにざっと青ざめる。

「……くそ。話しすぎたか、――っ！」

どうしたのかと聞くより前に、ウルドの目の前で、ユールレイエンの全身が炎に包まれた。ひとつ、ふたつと追撃《ついげき》するように降り注ぐ火球が、勢いよくユールレイエンを吹っ飛ばしていく。

「えっ？」

ウルドが状況を把握するより早く、ぷすぷすと黒煙を上げながら、ユールレイエンがむくれきった顔で立ち上がった。そのまま翼を広げると、ユールレイエンは何かから逃げるように、勢いよく空を駆け上がっていく。

空に溶けるような水色の翼が目に眩しい。なるほど本人の言う通り、鱗は乳白色なのに、翼は白ではなかったらしい。呆然《ぼうぜん》と空を見上げていたそのとき、見覚えのある金色が、ものすごい勢いでユールレイエンに突っ込んでいった。

「ぐ……っ」

うめき声とともに、重い殴打《おうだ》の音が聞こえた。地面すれすれまで落ちていくユールレイエンを見下しながら、太陽を背にしたサウィンは、ばさりと金色の翼をはばたかせて口を開く。

「――君がこういうことをするとは思わなかったな、ユールレイエン」

ウルドが聞いたこともないほど、冷たい声音だった。

「誰の許しを得てここにいる？　消え失《う》せろ」

「誤解だ！　いや、許可なく巣に入ったことは言い訳できないが！」

「よくも、勝手にウルドに――！」

「何もしてない！　触れてもないし、害してもいない。悪かった、サウィン！」

晴れ渡った空に炎が飛び交う。ぎゃあぎゃあと叫《さけ》ぶ声は、しだいに人の言葉から、身を震わせるような竜の咆哮《ほうこう》へと変わっていった。

空で喧嘩《けんか》をしているふたりの竜族は、辛うじて人型こそ保ってはいるものの、翼と尾からはじまって、手足の爪に至るまで、ほとんど竜へと変わっていた。はじめは逃げる一方だったユールレイエンも、サウィンがしつこく攻撃を仕掛けるうちに、反撃し始める。

「うわあ……」

複雑な軌跡を描きながら空中でぶつかり合うふたりの竜族を眺めて、ウルドは引きつった声を漏らす。何しろ炎の球がぶつかろうと、鋭い爪で引っかこうと、ウルドの見る限り、どちらも傷ひとつついていないのだ。丈夫すぎて怖い。絵物語に出てくる怪獣どうしの戦いを眺める気分で、ウルドはひたすら空を見上げていた。

「人の話を聞け、馬鹿サウィン！」

「君と話すことはない」

「ちっ……、おいウルド、この馬鹿を止めろ！　番《つがい》だろうが！」

「……『ウルド』？　どうしてそんな、馴《な》れ馴《な》れしく呼んでるの？」

「ちがっ、そういうわけじゃ……、おい、死ぬっ！　死ぬから！　殺す気か！」

「そうだけど？」

これを止めろと言われてもな、とウルドは空笑《そらわら》いを浮かべることしかできなかった。

完全に怒り狂っているサウィンの顔は怖いくらいの無表情で、普段のゆるい笑みのかけらもない。なまじ普段が温厚な分、本気で怒ったサウィンは恐ろしいのだ。ウルドだって逃げたいくらいである。

とりあえず声だけでも掛けてみようか。

そう思って息を大きく吸い込んだ拍子に、思い出したように咳が出た。

「けほっ」

喉の調子が悪かったところに、色々と話しすぎたのがとどめになったらしい。喉がイガイガとして、涙が出た。淹れた茶をきちんと飲んでおけば良かった。後悔したが、もう遅い。

咽《む》せるように何度か咳をしていると、いつの間にか空は静かになっていた。喧嘩は終わったのかと訝しんだ直後に、ウルドの全身にぶつかるような衝撃が飛び込んでくる。

「ウルドー！」

「ごふっ」

「咳！　また出てる！　これ、薬草！　早く煎《せん》じて飲もう。知らないやつが来てびっくりしたでしょ？　風邪ひいてたのに、ユールレイエンのせいでこんなにぐったりして……！」

「い、今のはお前のせいだろ、馬鹿サウィン！　いきなり飛び込んでくるな！　体調だって悪くないって言ってるのにお前、聞かずに行っちゃうし……！」

ひし、とサウィンに抱きつかれたまま、ウルドは流れるように文句を言う。腕だけならばともかく、出しっぱなしになっている翼も尾も体に巻き付いてくるせいで、たまったものではなかった。息が苦しくなってサウィンを剝《は》がそうとするが、びくともしない。

絞め殺す気か、とサウィンの背中をべしべし叩《たた》いていると、どこからか視線を感じた。見れば、所在なげに空に浮かんでいるユールレイエンが、途方に暮れた顔でこちらを見つめている。

（何ぼやぼやしてるんだ。今ならサウィンも見てないだろ！）

行け、と手で追い払う仕草をしてみせるが、悲しいかな今日が初対面の男とは、言語なしには通じ合えなかった。

「おい、ウルド」

ユールレイエンがウルドに呼びかけた途端に、サウィンはぴくりと肩を揺らし、不穏《ふおん》な空気を醸《かも》し出しはじめた。振り向かせないようにとサウィンの頭を両腕で固定しながら、ウルドは声を張り上げる。

「なんだ。言うなら早く言ってくれ！」

「さっきの話、まだ有効か」

「どれだよ」

「本。考えてみればお前に譲る義理もない。交換するのが道理ってもんだろ」

そういえば、古い本の代わりに、ウルドの手持ちの本を渡すという提案をした。一度は断ったくせに、やはり読みたかったらしい。この状況で言うことか、とは思いつつも、ウルドは素早く頷いた。

「ああ構わない」

「次の本を渡すときに受け取る。サウィンに持たせろ。いいな」

「分かった！　分かったから、早く行ってくれ！」

不機嫌を示すようにどんどんと強くなるサウィンの力に辟易《へきえき》としながら、ウルドは叫ぶ。

満足げに翼をはばたかせたユールレイエンは、続いて気まずそうにサウィンの名を呼んだ。

「非礼を許してくれ、サウィン。詫《わ》びは後でちゃんとする」

「……いいから出ていけ。今は話したくない」

「すまなかった」

そっと目を伏せたユールレイエンは、静かにふたりに背を向ける。雲と空を混ぜ込んだような淡い色合いの翼を大きく広げたユールレイエンは、飛び去る間際、ちらりとウルドに視線を落とした。

『せいぜい頑張れ』と声なき声が囁《ささや》いた気がしたのは、ウルドの気のせいだろうか。

(何を頑張れって……？)

疑問に思うより早く、体に緩《ゆる》く巻き付いていたサウィンの尾が、蛇のようにウルドの体を這《は》い上がってきた。服の中にもぐりこみ、甘えるように絡みついてくる尾は、鱗で覆われているせいかひんやりとしていて心地よい。

「サウィン？」

先ほどの一瞬だけはいつもの調子で騒いでいたくせして、サウィンは不機嫌を思い出したかのように、むっすりと黙り込んでいた。何も喋らないサウィンに代わって、しゅるりとウルドの体を一周した尻尾《しっぽ》は、持ち主の心を表すようにぴったりとウルドに絡みつき、軽々とウルドの全身を持ち上げていく。

「うわっ」

サウィンのつむじが真下に見えた。一気に高くなった視界に、ウルドは驚いて声を上げる。宥めるように動いた尻尾は、ウルドを座らせるようにして、しっかりと体を支えてくれた。

「体、本当に大丈夫なの？」

ぼそりと聞こえた不安げな声を、ウルドは「平気だって言ったろ」と軽やかに笑い飛ばす。

「喉が少し渇いてただけだ。サウィンの作った茶でも飲んだら、すぐ治るよ」

「そっか。それならいいんだ」

ぎこちなく微笑むサウィンの瞳は、すっかり本来の輝くような金色に戻っていた。どうやら相当に機嫌が悪いらしい。縦に広がった瞳孔《どうこう》は怒りを隠せていないし、らしくもなく平坦な声音は、聞いているだけで背筋《せすじ》が寒くなってくる。

「何を話していたの」

「何、って……サウィンのことだよ。お前のこと、心配して様子を見に来たんだって。いい友だちじゃないか」

「……友だち？　あれが？」

嘲《あざけ》るように唇を歪めて、サウィンが短く呟いた。そういう顔をすると、普段の人懐《ひとなつ》っこさとの落差でひたすら怖い。

手を隠すように腕組みをしたサウィンは、ぴこぴこと尻尾の先を動かして、器用にウルドの頬を撫《な》でていく。慣れぬ感触だが、つるりとした鱗が、これはこれで心地よかった。

「俺の友だちはウルドだけだよ。家族で、友だち。俺の宝もの。大好きな番《つがい》。ウルドは俺の幸せだ」

サウィンの直球な言葉に、頬が一気に熱を持った気がした。前触れもなくそういうことを言われると、どういう顔をすればいいのか分からなくなる。

「お、俺も。サウィンといると、毎日楽しい。幸せだよ」

ぼそぼそと早口で言葉を返して、ウルドはぱっと目を伏せた。他人にはいくらでも幸せを語れるのに、本人に面と向かって気持ちを伝えるのは、何年経っても難しいのだ。

いたたまれなさをごまかすように、ウルドは口を動かした。

「サウィンのこと以外だと、そうだな……、短い時間だったからそんなに話してないけど、本のことも話したよ。前にサウィンが持ってきてくれた本は、ユールレイエンのものだったんだって？　古い本しか持ってないって残念そうにしてたから、俺の持ってる本を譲ろうかって話をしてさ。帰り際に言ってただろ？　礼代わりに今度、何冊かユールレイエンに――んっ」

「ごめん。あいつの名前は呼ばないで」

そっと冷たい感触に唇を押さえられ、ウルドは目を丸くした。

ウルドの目の前にあったのは、猛禽類《もうきんるい》の足を思い起こさせる、硬く鋭いかぎ爪だった。人間の肌とは似ても似つかない、冷たく硬い感触と、明らかに人のものではないその構造。爪も鱗も、内から輝くような金色をしていて、見惚《みほ》れるほどに美しかった。

サウィンが翼を出しているところは何度も見たし、本体だという、怖いくらいに美しい人型の姿も見たことはある。完全に竜になった姿も一度だけ見た。けれど、こうまで中途半端に人間の形を崩しているのは、初めてではなかろうか。

「今はウルドの口から、俺以外の名前を聞きたくないな」

唸《うな》るように言うサウィンの瞳には、普段溢れている余裕というものがおよそ感じられなかった。

サウィンとウルドがふたりで作り上げたこの場所に、短時間とはいえ他者が踏み入ったという事実は、サウィンにとっては堪えがたいものがあったのだろう。

縄張り意識が強く、やきもち焼きなのがサウィンという男である。

（ああ、やきもちか）

思い至ってしまえば、眉根を寄せた不機嫌そうな顔も、人外の特性がむき出しになった不自然な姿も、愛しさしか感じなかった。ルインにいたときには、ウルドの周囲の人間に妬《や》いては拗《す》ねるサウィンの姿をたびたび見かけていたけれど、人里を離れて以来、こういう顔は久しく見ていなかった気がする。

そっと舌を伸ばして、ウルドはサウィンの指をぺろりと舐《な》めた。鋭い爪に舌を這わせた瞬間、サウィンはびくりと肩を揺らして、慌てたように手を引こうとする。

「ウルド……！　怪我《けが》しちゃうよ」

「お前は俺に、怪我なんてさせないだろ」

「形、うまく直せないんだ。やめて」

「大丈夫だって」

わたわたと離れようとしたサウィンの両手を、ウルドは己の両手でしっかりと捕まえた。尻尾でしっかりと抱き上げられているのをいいことに、ウルドはそのまま身を投げ出すように前のめりになる。近づいてきたサウィンの頭をすっぽりと胸に抱え込んで、ウルドは笑った。

「さっきは怖い顔してたな、サウィン。お前があんなに怒るところ、久しぶりに見た気がするよ」

「怒りもするよ。ちょっと出かけてたら、ウルドとの愛の巣に勝手に入られたんだよ？　間男《まおとこ》だよ、間男！」

「やめろその言い方。色々恥ずかしいから」

「なんか仲良さそうに話してるしさ！」

「割と険悪《けんあく》だったと思うけどな……」

サウィンは不機嫌丸出しでぐちぐちと言っているが、見ているだけでひやりとするような無表情が崩れてきただけ、良い傾向である。

「ウルドもウルドだよ！　知らないやつと口を利いたら危ないよ！」

「だから家には上げてないだろ」

この辺り一帯がウルドとサウィンの住処《すみか》ではあるが、生活領域である屋根付きの家には上げていない。そう主張しても、サウィンは納得しなかった。

「そういうことじゃないの！」

膨れっ面をして喚《わめ》く様は、まるで駄々をこねる子どものようだった。抱き込む腕の力を強めながら、ウルドは心の中でユールレイエンに語り掛ける。

(こいつの面倒くささを、俺が知らないだって？)

ウルドとサウィンは、家族で友だち。恋人で番《つがい》。

何をすればサウィンが怒り、悲しみ、喜ぶのか、ウルドはよく知っている。ことサウィンの扱いにかけて、己以上に知っている者がいるなら見てみたいくらいだった。

「そもそもウルドが親切にしてやる必要なんてなかったんだよ。俺の話なら俺にすればいいし、本だって、一緒に街に行ったらいいし、それに――」

わやわやと騒いでいるサウィンの頬を、ふわりと両手でつつみこむ。サウィンの機嫌をあっという間に直す方法を、ウルドは知っていた。躊躇《ためら》いつつも、ウルドはそっと目を伏せる。こういうのは、羞恥《しゅうち》を感じる前にやってしまうのがいいのだ。

えいやと顔を傾けたウルドは、己の唇でサウィンの言葉を封じこんだ。

唇が重なった瞬間、サウィンは面白いくらいぴたりと言葉を止めた。柔らかな感触を楽しんだ後、ゆっくりと唇を離していく。目をまん丸にして見上げてくるサウィンを見返して、ウルドはいたずらっぽく微笑んだ。

「全部言わなくたって知ってるよ。サウィンは俺を誰にも見せたくないし、ずーっと一緒に遊んでいたいし、自分の知らないところで俺が誰かと何かを企《たくら》むのが、大っ嫌いだもんな」

「え、わ……、うん。そう……」

「俺もそうだよ。サウィンとふたりでいるのが一番ほっとする」

ぱちぱちとまばたきを繰り返すサウィンの間抜け面がかわいらしく思えて、ウルドはもう一度、触れるだけの口付けをした。ちゅっと軽やかな音を立てて唇を離すと同時に、今度こそサウィンの動きが完全に停止する。

「わがままサウィン。そういうどうしようもないところも、大好きだよ」

見開かれたままのサウィンの金色の目は、ウルドだけを映していた。それに満足して、ウルドはくしゃりと顔を歪める。

サウィンほどやきもち焼きではないけれど、ウルドだって嫉妬《しっと》はする。

ウルドの知らないサウィンの友人。

いたかもしれない過去の情人。

ウルドが生きられない、サウィンと同じ時間を生きる者。

何年生きているのかも教えてくれないサウィンには、きっと色んな過去があるのだろう。

ウルドがいなくなった後、もっと気の合う人と出会うことだってあるかもしれない。

考えると面白くはないけれど、少なくとも今、サウィンの心を独り占めしているのはウルドなのだ。

(なら、いいや)

ユールレイエンの言ったとおり、ウルドは弱く、愚かで、竜族に比べればはるかに短命な人間だ。だからこそ、ウルドがあげられるだけの幸せをサウィンにあげたかった。ともに過ごせる貴重な日々を、つまらない諍いで埋めるよりは、あたたかな思い出で満たしたい。

「俺の宝もの。俺の光。サウィンは、俺の幸せだよ」

顔から火を吹きそうになりながらも、ウルドはサウィンの目をのぞき込み、つっかえつっかえに愛を囁く。

「あ……、愛してるよ、サウィン。だからさ、そんな、やきもちなんか焼くことないんだ。誰と話してようが、いつだって俺の頭の中には、お前しかいない。サウィンさえ隣にいてくれたら、ほかの何もいらないくらい、幸せなんだ。いつも一緒にいてくれて、ありがとう」

気持ちを伝えられると嬉しいのに、言うのはどうにも気恥ずかしかった。サウィンはよくも平気で、いつもほいほいと甘い言葉を言えるものだと尊敬する。

当のサウィンはといえば、ウルドを凝視《ぎょうし》したまま、うんともすんとも言わなくなってしまった。

「……ほら、機嫌直せよ。いつまでもそんな怖い顔してないで、能天気に笑ってる方が似合うぞ。俺、お前が笑ってる顔が大好きなんだ」

ぱしりと軽くサウィンの頬を叩く。まばたきどころか息まで止めていたらしいサウィンは、叩かれた衝撃で時間の流れを思い出したのか、ぷはっと息を吐き出した。

「は……っ、けほっ！　うぅ、苦し……っ、死ぬかと思った」

「なんで息止めてるんだよ」

「ウルドがかわいくて、息するの忘れてた。びっくりしたぁ……」

「なんだそれ。俺の方がびっくりだよ」

サウィンが真剣な顔でふざけたことを言うものだから、必死に目を逸らしていた恥ずかしさが、ぶわりと襲《おそ》いかかってきた。頬は燃えそうに熱いし、首筋にだらだらと汗が伝っているのが自分でも分かる。

「ウルド。ウルド。嬉しい。俺も大好きだよ。愛してる。俺の隣で生きてくれて、ありがとう」

「う、うん」

「ふふ」

サウィンは上目遣いにウルドを見上げたあとで、ウルドを抱えた尻尾を、自分の目線の高さまでゆるりと下げた。にんまりと笑ったサウィンは、からかうようにぴたりとウルドに額を合わせてくる。

「わあ、熱い。やっぱり熱でもあるのかな？」

「どういう意味だ！」

似合わぬことを言った自覚はウルドだってあるのだ。咄嗟《とっさ》に言い返したあとで、ウルドは「あ、いや――」と思い直して声をひそめた。

――こうなればとことん似合わないことをしてやろう。

やけである。ウルドはサウィンの首の後ろに両腕を回すと、甘えるように身を寄せながら、サウィンの耳元で声を低めて囁いた。

「熱、あるかもな。外でずっとお前を待ってたから、冷えたのかもしれない。あたためてくれよ、サウィン」

「あ、あたためるって……？」

サウィンの狼狽《ろうばい》したような声に気分が良くなる。してやったりと、ウルドは口角を上げた。

（たまにはそっちがうろたえろ！）

何年経っても子どものころとそう変わらず、賑《にぎ》やかに暮らしているウルドとサウィンであったが、こと色ごとに限っては、ウルドはいつもサウィンに敵《かな》わない。毎回毎回翻弄《ほんろう》されるばかりの己の醜態に、いい加減嫌気がさしていたところだ。

わざと艶《つや》を交えた声を作り、ウルドは思わせぶりにサウィンの耳を指でくすぐる。

「言わせるなよ。ああ、お前の匂いがしっかり移るまで……で、どうだ？　サウィンが落ち着くまで、そばにいるよ。たまにはふたりで、家にこもるのだって悪くないだろ？」

サウィンの感情が乱れている今ならば、これまで培《つちか》った経験を活かして目にもの見せてやれるのではないか。己の経験すべてが、目の前の男に仕込まれ積み上げてきたものであることも忘れて、ウルドは持てる限りの色気を演出した。

いつしかサウィンの手は見慣れた人間のものに戻っており、ウルドを抱き込むようにしっかりと背を支えていたけれど、調子に乗っていたウルドは、さっぱりそれに気付かない。内緒話をするようにサウィンの耳元に口を寄せ、それっぽく息を吹き込むことに執心していた。

「なあ、愛して、サウィン。俺の知らないお前の話なんて、お前以外の口から聞きたくなかった。なぐさ、め……て……っ!?」

ひょいと横抱きにされてはじめて、いつの間にかサウィンの姿が見慣れたものに戻っていることに、ようやくウルドは気がついた。

「……あのさ、サウィン」

「嬉しいなあ。ウルドから誘ってくれるだなんて」

「いや、まだ外、明るいし。冗談だぞ……？　俺はただ、お前をからかいたくて――」

「ウルドもやきもち焼いてくれたんだね。俺も、ウルドのことしか考えてないよ」

聞いちゃいない。

無邪気に見えるサウィンの笑顔が恐ろしかった。姿は元通りなのに、金色のままの瞳だけは、ぎらぎらと激情を押し込めたように輝いているのがまた怖い。――と、そこまで考えて、ウルドははたと思い至る。

（元通り？）

「いつから機嫌、直ってたんだよ。お前、あんなあからさまに不機嫌な顔して面倒くさいことぐちぐち言ってたくせに、全然気にしてないんじゃないか！」

するすると手慣れた手つきでウルドの服を剝《は》いでいくサウィンは、悪びれた風もなく軽い口振りで答えた。

「してるよ？　やきもちも焼いたし、ユールレイエンも後で焼く。勝手に巣に入られて、心がざわざわして落ち着かないのも本当だしね。機嫌だって、最悪だよ」

「手、戻らないとか言ってたくせに」

「気合いで戻した。だってあれじゃ、ウルドを抱けないだろ？」

言いながら、サウィンは自分の服をばさりと脱ぎ去った。笑みの消えた真顔は、なるほどたしかに、まだいつもの状態ではないようだ。

被さってくるサウィンの体を、両腕を伸ばして受け入れる。ぐるる、と獣のように喉を鳴らして、サウィンは甘えるようにウルドの首元に鼻先をすり付けた。

「匂いが移るまで抱いていいんだよね？　俺しか知らない、かわいいウルドが見たいな。ウルドが俺のことだけ考えてくれるように、たくさんあたためさせて？」

自分が使った誘い文句をそのまま返され、ウルドは頭を打ち付けてのたうち回りたい気分になった。そうこうしているうちに、むき出しにされた首筋を舐め上げられて、覚えのある甘い感覚に息を詰まらせる。

「ん……っ、でも、せっかく、いい天気なのに」

「鳥が高く飛んでたから、明日も晴れるよ。大丈夫」

指と舌とで肌を辿られ、ウルドはふるりと身を震わせた。サウィンは、ウルド以上にウルドの体のことを知っている。触れられれば勝手に力が抜けてしまうし、体の奥に熱を灯《とも》されるのだってあっという間だ。

「……だめ？　ウルド」

眼前に晒されたサウィンの裸体に、ぞくりと欲を煽《あお》られる。請うような眼差しを向けられればもう、ウルドにできるのは頷くことだけだった。

「いいよ。俺も……、したい」

言い終わる前に重なってきたサウィンの唇が、ウルドの呼吸を容赦なく攫《さら》っていった。

互いの肌を探り合い、愛を囁きながら抱き合って、場所も時間も分からなくなるような快楽を分かち合う。深く酩酊《めいてい》するような幸福感の中、うわごとのように好きだと呟けば、サウィンは言葉と行為の両方で、溺《おぼ》れるほどの愛を返してくれた。

幸せだなあ、と心から思う。

言葉にしきれない何かは、涙の形で溢れていった。それさえ逃がしたくないとばかりにサウィンが舐め取ってくれるものだから、ウルドは胸が苦しくなって、応えるように全身でサウィンを抱き締めた。

まともに思考できたのは、それまでだ。

心がざわざわすると語った言葉どおり、日が落ちても、ウルドが寝落ちても、サウィンはウルドを離してはくれなかった。煽ったウルドの自業自得と言われればそれまでだが、竜族の執着か、はたまた独占欲か、ウルドには理解できない何かを見誤ったことだけはたしかだろう。


まどろみの中で頬を撫でられて、重い瞼《まぶた》をなんとか開く。

「おはよう、ウルド」

見慣れた優しい微笑みが、ウルドをあたたかく迎えてくれた。

「おは――、けほっ」

「ああ、喉が渇いたよね。たくさん声を聞かせてくれたからかな。果実水にしようか。それともお茶？」

「水、で」

「水ね。上流から汲《く》んできたばっかりだから、冷たくておいしいよ。はい、あーん」

聞いているだけで溶けそうなほど甘ったるい声で囁きながら、サウィンはウルドの頭を支え、手ずから水を飲ませてくれた。

おはようとは言うが、漏れ入る光の具合からしておそらくは夕方であるし、ウルドの記憶にある限り、これは寝床にこもりはじめてからすでに三回目の夕方である。

過ぎる快楽と疲労に意識を飛ばして、目を開けたら飲食までをもサウィンの腕の中で世話されるのも、もう何回目になることか。人としてどうかと思うほどの自堕落《じだらく》さにめまいがするが、世話をしている当のサウィンはひどく満足そうなので、いいのだろう。

（サウィンが落ち着くまでそばにいるって、言っちゃったしな……）

ウルドに二言《にごん》はないのだ。

せいぜい頑張れ、と憐憫《れんびん》混じりに告げたユールレイエンの言葉の意味を、ウルドは三日三晩かけて、身を以《もっ》て知ることになった。


後日、ユールレイエンはサウィンから大量の書物を受け取った。ルインで生み出された蔵書の山々のてっぺんには、『次訪ねてくるときは必ず事前に連絡しろ』と、几帳面ながらも怨念《おんねん》のこもった字で綴《つづ》られた書きつけが、一枚置かれていたという。

あとがき

こんにちは、あかいあとりと申します。

このたびは「土の楽園で会いましょう」をお手に取ってくださり、ありがとうございます。

昔からファンタジーが好きで、人間と人間以外の生き物の絆に惹かれてきました。食べ物、見た目、腕力、考え方、寿命など、どこをどう切り取っても違う生き物たちが、お互いの分かり合えなさを理解してなお、一緒にいる関係性が大好きです。

互いの素性を知らずに仲良くなった後で、「どうしたって自分たちは異種族で、どうやっても分かり合えない部分がある」と悟る展開や、見た目を偽っていたせいで本来の見た目を受け入れてもらえない展開、異種族と仲良くしていたことで同種族から白い目で見られる展開など、人外ものの特有のエッセンスはいくら摂取しても飽きる気がしません。特に、種族差の醍醐味とも言える寿命差は、運命を受け入れるにせよねじ曲げるにせよ、当事者たちの葛藤と煩悶を思うと胸を打たれるばかりです。

そんな「好き！」を込めて書いた「土の楽園で会いましょう」というお話を、第三回ビーボーイ創作ＢＬ大賞をきっかけとして、こうして書籍という形で読者の皆さまにお届けする機会をいただけたこと、感謝の気持ちでいっぱいです。

こちらのお話は、元々は「眠りと目覚め」というテーマのもと、「おやすみ、ウルド」からエピローグまでの部分を切り取った短編にする予定で書き始めたお話でした。そんな折、たまたまSNS上で流れてきた土のプールメイキング動画を見て、こういうロマンあふれることを本気で一緒にやってくれる友達がいたらどんなにか楽しいだろうなあと思い、加筆しているうちに今のお話の形になりました。

一緒にいれば何でも楽しい。失うことが辛くてたまらない。ふたりで道を歩いた小さな思い出さえも苦難を耐える支えになる。そんな風に、お互いがお互いにとって唯一無二である関係性をとても尊く感じます。

同じ家で暮らす家族でさえも喧嘩をするし、生まれ育ちが変われば、たとえ同じ国の同世代の友人であったとしても、分かり合えないことは多々あります。違う国、違う世代、違う思想、はたまた違う種族の相手となれば、なおさらすり合わせの努力が必要でしょう。ぶつかり合っては削り合い、互いに影響しながら築かれる関係性というものは、創作の世界であっても現実の世界であっても、素敵で得がたいものです。

何かと不器用ながらも自分らしく生きようとする人間の王族・ウルドと、変わりものながらも自分なりの愛を貫き通す竜族・サウィンの間に、そんな固い絆を感じていただけたら嬉しいです。

住めば都ならぬ、愛するひとがいればどこも楽園ということで、この物語には、ひとりぼっちのふたりが作る土の家、灰と瓦礫から再興する国ルイン、はたまた再会の約束を見届ける大地など、色々な楽園が出てきます。縁あって出会ったウルドとサウィンの、土の楽園にまつわる物語を、どうか皆さまに楽しんでいただけますように。

最後になりますが、この場をお借りして、ぬくもりあふれるイラストを手掛けてくださった冬之ゆたんぽ先生、よりよい作品になるようあたたかく導いてくださった編集者様と校正様、物語の雰囲気にぴったりの装丁に仕上げてくださったデザイナー様、ビーボーイ編集部の皆さまをはじめとして、この書籍に携わってくださったすべての方々に感謝申し上げます。

そして何より、この物語を読んでくださった読者の皆さまに、心より感謝申し上げます。

ＷＥＢに公開していたときからウルドとサウィンを愛してくださった読者さまも、書籍で新たにこの物語に出会ってくださった読者さまも、本当にありがとうございます！

この先もどうか、皆さまの読書ライフが良いものでありますように。

それでは、いつかまたどこかでお会いできれば幸いです。

二〇二四年六月　あかいあとり

初出一覧

土の楽園で会いましょう

※上記の作品は「pixiv」(https://www.pixiv.net/)掲載の「土の楽園で会いましょう」を加筆修正したものです。

星の花　　書き下ろし

幸せの記憶　　書き下ろし

弊社ノベルズをお買い上げいただきありがとうございます。
この本を読んでのご意見、ご感想など下記住所「編集部」宛までお寄せください。

リブレ公式サイトで、本書のアンケートを受け付けております。
サイトにアクセスし、TOPページの「アンケート」から
該当アンケートを選択してください。
ご協力お待ちしております。

「リブレ公式サイト」
https://libre-inc.co.jp

土の楽園で会いましょう

著者名　あかいあとり

発行日　2024年7月19日　第1刷発行

発行者　太田歳子

発行所　株式会社リブレ
〒162-0825 東京都新宿区神楽坂6-46
ローベル神楽坂ビル
電話03-3235-7405(営業)　03-3235-0317(編集)
FAX 03-3235-0342(営業)

印刷所　株式会社光邦

装丁・本文デザイン　arcoinc

Printed in Japan
ISBN 978-4-7997-6836-5